周作人談魯迅小說裡的人物

CHARACTERS IN LU XUN'S NOVELS

周作人——著

【魯迅筆下人物的深度與魅力】

《狂人日記》、《阿 Q 正傳》、《祝福》……

每一個經典角色都是魯迅對時代的反映和評判！

—— 周樹人留下的文學遺產，周作人細緻解讀評析 ——

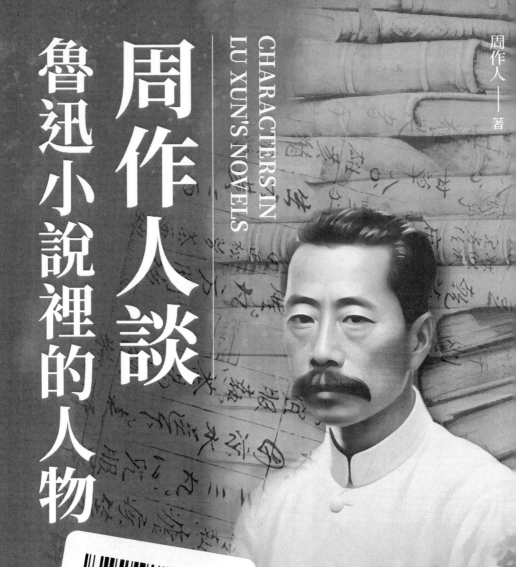

目錄

第一分 吶喊衍義

目錄

目錄

第二分　彷徨衍義

目錄

第一分　吶喊衍義

一　開端

《吶喊》是個好題目，可以寫出許多的文章來。這個意思我早已有了，也想來試一下，可是拖了好幾年不曾下筆，因為那個題目想不好。這總不好說，新一點是「關於吶喊」吧，說索隱呢？例如《紅樓夢索隱》，但這裡邊所有的人物與事跡並不多，也不怎麼隱晦，無須那麼費了力氣來索。我曾想到用「吶喊講章」的名稱，這兩個字的確不差，卻又怕有誤會，以為是誇誇其談的在講章旨節旨，談得比本篇原文更長，印出來徒耗物力，要看的人也不會多的。最後我才想到了這演義的名字，乃發心來寫，稱之曰「吶喊演義」。這個名稱也並非沒有缺點，第一是它有《三國演義》等說部在先，好像是把《吶喊》裡的小說再拉長來講，有如茶館裡的講《聊齋》，但是很明顯的這是不可能的事。其次或者有人要聯想到宋明人的《大學衍義》，那種內聖外王的大著，我怎麼追得上，更沒有魚目混珠的意思。好吧，我還自寫我的衍義，這只是像《四書典林》之類，假如用了庸俗的舊書來比方，講說一點相關的人地事物四項的故事，有沒有用處不能知道，但不是望著題目說空話，所以與《味根錄》之類是有些不同的。我只是憑了我所知道和記得的說來，不及查考《魯迅日記》等書，做考證是別一種工作，應當有別的適當的人去做才好。（魯迅的小說集在《吶喊》之外還有《徬徨》，對於《徬徨》，且待這個寫完時再來衍義吧。）

二　父親的病

《吶喊》前面有一篇自序，是一九二二年末付印時所寫，說明當初開始寫小說的緣由。上半敘述少年時代的經歷，有幾件事使他感到異常的寂寞，換句話說即是悲觀吧。這裡分作三個段落，第一是父親的病，後來在《朝花夕拾》中有這個題目的一篇文章，說的更是清楚。魯迅的父親伯宜公是清光緒丙申（一八九六年）九月去世的，序上說有四年多常常出入於質鋪和藥店裡，推算該是癸巳至丙申，但這乃是記憶錯誤，因為甲午八月伯宜公的妹子嫁在東關金家的因難產去世，他去送入殮，親自為穿衣服，可知那時還是康健，所以生病可能是在這年的冬天或是次年的春天。那時所請教的醫生，最初有一個姓馮的，每來總是酒醉醺醺，說話前後不符，不久就不再請了，他的一句名言「舌為心之靈苗」，被魯迅記錄下來，但是掛在別人的帳上了。後來的兩個名叫姚芝仙與何蓮臣，都是有名的「郎中」，但因此也就都是江湖派，每開藥方，必用新奇的「藥引」，要忙上大半天才能辦到，結果自然是仍無效用。他在序文中說：「漸漸的悟得中醫不過是一種有意的或無意的騙子。」那時城裡還有樊開舟包越湖這些醫生，比較平實一點，如照魯迅的分類，總還可以歸在無意的一類，但是當時卻去請教了有意的騙子，這真是不幸的事，雖然對於後人警戒的力量卻是很大的。

三　藤野先生

第二段落是在南京和日本仙台的學校裡的那一時期。計算起來是戊戌（一八九八年）離家往南京，由水師學堂轉入陸軍學堂內附設的礦路學堂，三年畢業，即是辛丑（一九〇一年）的冬季，次年派往日本留學。在弘文學院兩年後，往仙台進醫學專門學校，目的是在學了醫術來救治像父親似的被誤的病人的疾苦，一面又促進了國人關於維新的信仰。可是學了兩年，「前期」剛完了的時候，他就退學走到東京來了。他在弘文學院的時候，便有感於留學生之不高明，不願意進離東京不遠有些留學生的千葉醫學校，卻遠遠的跑到東北方面的仙台去，可是在那裡雖然寂靜，不意在電影片上又會見了「久違的許多中國人」，給了他極大的刺激，把學醫的志願又打斷了。這兩段事情在《朝花夕拾》裡後來有專篇敘述，前者的題目是「瑣事」，後者是「藤野先生」。他那時以為國民如愚弱，雖生猶死，所以醫學並非一件緊要事，重要的是在改變他們的精神，叫他們聰明強盛起來，於是想來提倡文藝運動，因為他相信善於改變精神的要推文藝最有力量。這個意見並不錯，雖然那還在四十五年以前，大家所知道的政治上不過是法國革命，文藝上也只是拜倫的惡魔派，但是對於權威表示反抗，這種精神總是可貴的，與當時民族革命的空氣相配合，也正是很有意義的事。

四　新生

第三段落是說計劃出《新生》雜誌的事情。在那時候，即是一九〇六年前後，林譯「說部叢書」已經出了不少，梁任公也在橫濱刊行《新小說》，景氣很不錯，但是沒有從文藝著眼的，實際上要做文藝運動時機也未成熟，《新生》的並未產生可以說是當然的結局。魯迅頂討厭學警察，法政和速成師範的學生，其次是鐵路與工業，以為目的只在獲利，對於理科比較的好些。胡仁源是學工的，有一天對他大談實業救國，學了文科有什麼用，魯迅回答道：學文科的人知道理工也有用，這是他們的長處。在這種空氣之中，要來辦雜誌，談文學和美術，當然是很不容易，但表面上也居然找到幾個贊成的人，他們姓名記不完全，只有袁文藪是魯迅所最信託的，但是他從日本轉往英國以後，便杳無訊息，雖然他答應到了之後一定寫文章寄來的。此外一個是許季茀，他沒有跑掉，因為雜誌停頓，所以文章也不曾寫。《新生》這運動最初似乎計劃很是順遂，等到魯迅回家鄉一轉出來的時候，一切都已消滅，他受到這打擊，感到無聊與寂寞，也正是當然。隔了兩年，因了蔣抑卮的幫助，印出了兩冊《域外小說集》，實現了《新生》一部份的計劃，但第三冊便印不出來，因為銷路不好，收不回印刷費來做資本，結果只好中止。這個失敗雖然比前回稍好，但也總是失敗，與造成寂寞的感覺有關的，不過在那序文裡卻是省略掉了。

五　金心異勸駕

上邊說完了感覺寂寞的原因，接著便說明為什麼又活動起來，動手來寫小說的呢？魯迅說這是由於金心異的勸駕，但是這裡也還有時代的背景的。辛亥革命成功，不久變為袁世凱的獨裁，洪憲推倒後，旋即出現復辟，可是不到半月也就消滅了，這時歐戰也剛平息，世間對於舊民主的期望又興盛起來，《新青年》開始奮鬥，在這空氣中間才會得有那談話，談話才會得發生效力。還有一個重要的緣由，《新青年》上標榜著文學革命的大旗，金心異所著重的乃是打倒禮教，因此雖然他不曾寫過論文，只寄了幾次通訊，卻有資格被加上花名，列入反動派筆誅口伐的文章裡面，也因此而能與魯迅談得投合，引出《吶喊》裡的這些著作來的。魯迅對於簡單的文學革命不感多大興趣，以前《域外小說集》用文言，固然是因為在復古時代的緣故，便是他自己的創作，如題名「懷舊」的那一篇，作於辛亥（一九一一年）的下半年，用的是文言，但所描寫的反動時代的「呆而且壞」的富翁與士人，與《吶喊》裡的正是一樣。所以他的動手寫小說，並不是來推進白話文運動，其主要目的還是在要推倒封建社會與其道德，即是繼續《新生》的文藝運動，只是這回因為便利上使用了白話罷了。他對於文學革命贊成是不成問題的，只覺得這如不與思想革命結合，便無多大意義，在這一點上可以說是與金心異正是相同，所以那勸駕也就容易成功了。

六　狂人是誰

《狂人日記》是集裡的第一篇小說，作於一九一八年四月。序上說金心異勸進，「於是我終於答應他也做文章了，這便是最初的一篇《狂人日記》。從此以後，便一發而不可收，每寫些小說模樣的文章，以敷衍朋友們的囑託」。篇首有一節文言的附記，說明寫日記的本人是什麼人，這當然是一種煙幕，但模型（俗稱模特兒兒兒兒）卻也實有其人，不過並不是「余昔日在中學校時良友」，病癒後也不曾「赴某地候補」，只是安住在家裡罷了。這人乃是魯迅的表兄弟，我們姑且稱他為劉四，向在西北遊幕，忽然說同事要謀害他，逃到北京來躲避，可是沒有用。他告訴魯迅他們怎樣的追跡他，住在西河沿客棧裡，聽見樓上的客深夜橐橐行走，知道是他們的埋伏，趕緊要求換房間，一進去就聽到隔壁什麼哺哺的聲音，原來也是他們的人，在暗示給他知道，已經到處都布置好，他再也插翅難逃了。魯迅留他住在會館，清早就來敲窗門，問他為什麼這樣早，答說今天要去殺了，怎麼不早起來，聲音十分悽慘。午前帶他去看醫生，車上看見背槍站崗的巡警，突然出驚，面無人色。據說他那眼神非常可怕，充滿了恐怖，陰森森的顯出狂人的特色，就是常人臨死也所沒有的。魯迅給他找妥人護送回鄉，這病後來就好了。因為親自見過「迫害狂」的病人，又加了書本上的知識，所以才能寫出這篇來，否則是很不容易下筆的。

七　禮教吃人

《狂人日記》的中心思想是禮教吃人。這是魯迅在《新青年》上所放的第一炮，目標是古來的封建道德，以後的攻擊便一直都集中在那上面。第三節中云：「我翻開歷史一查，這歷史沒有年代，歪歪斜斜的每葉上都寫著『仁義道德』幾個字。我橫豎睡不著，仔細看了半夜，才從字縫裡看出字來，滿本都寫著兩個字是『吃人』！」章太炎在東京時表彰過戴東原，說他不服宋儒，批評理學殺人之可怕，但那還是理論，魯迅是直截的從書本上和社會上看了來的，野史正史裡食人的記載，食肉寢皮的衛道論，近時徐錫麟心肝被吃的事實，證據更是確實了。此外如把女兒賣作娼妓，清朝有些地方的宰白鴨，便是把兒子賣給富戶，充作凶手去抵罪，也都可以算作實例。魯迅說李時珍在《本草綱目》上說人肉可以做藥，這自然是割股的根據，但明太祖反對割股，不准旌表，又可見這事在明初也早已有了。禮教吃人，所包含甚廣，這裡借狂人說話，自然只可照題目實做，這是打倒禮教的一篇宣傳文字，文藝與學術問題都是次要的事。果戈里有短篇小說《狂人日記》，魯迅非常喜歡，這裡顯然受它的影響，如題目便是一樣的，但果戈里自己犯過精神病，有點經驗，那篇小說的主角是「發花呆」的，原是一個替科長修鵝毛管筆尖的小書記，單相思的愛上了上司的小姐，寫的很有意思。魯迅當初大概也有意思要學它，如說趙貴翁家的狗看了他兩眼，這與果戈里小說裡所說小姐的吧兒狗有點相近，後來又拉出古久先生來，也想弄到熱鬧點，可是寫下去時要點集中於禮教，寫的單純起來了。附記中說「以供醫家研究」，也是一句幽默話，因為那時報紙上喜歡登載異聞，如三隻腳的牛，兩個頭的胎兒等，末了必云「以供博物家之研究」，所以這裡也來這一句。這篇文章雖然說是狂人的日記，其實思路清徹，有一貫的條理，不是精神病患者所能寫得出來的，這裡迫害狂的名字原不過是作為一個楔子罷了。

八　孔乙己

《吶喊》裡第二篇小說是《孔乙己》。原文裡說，因為他姓孔，別人便從描紅紙上的「上大人孔乙己」這半懂不懂的話裡，替他取下一個綽號，叫做孔乙己。這名字定得很巧妙，對於小說裡這主角是十分合適的。他本來姓孟，大家叫他作孟夫子，他的本名因此失傳。這本來也是一個綽號，但只是挖苦讀書人而已，沒有多大意思。小說裡用姓孔來影射孟字，本來也是平常，又因孔字聯想到描紅紙上的句子，拿來做他的諢名，妙在半懂不懂，比勉強生造兩個字要好得多了。現時生造也有些好的，如那文言小說《懷舊》中的仰聖先生與金耀宗，即是一例，但這裡沒有必要。他是一個破落大戶人家的子弟和窮讀書人的代表，著者用了他的故事差不多就寫出了這一群人的末路。他讀過書，但終於沒有進學，又不會營生，以致窮得幾乎討飯。他替人家抄書，可是歡喜喝酒，有時候連書籍紙筆都賣掉了，窮極時混進書房裡去偷東西，被人抓住，硬說是「竊」書不能算偷，這些都是事實。他常到咸亨酒店來吃酒，可能住在近地，卻也始終沒人知道，後來他用蒲包墊著坐在地上，兩手撐了走路，也還來吃過酒，末了便不見了。魯迅在本家中間也見過類似的人物，不過只具一鱗一爪，沒有像他那麼整個那麼突出的，所以就描寫了他，而且說也奇怪，本家的那些人，似乎氣味更是惡劣，這大概也是使他選取孟夫子的一個原因吧。

九　咸亨酒店

《孔乙己》這篇小說的背景是魯鎮的咸亨酒店。誰都知道在紹興縣管轄下並沒有魯鎮這麼一個市鎮，這原是寫小說的人所創造出來的一個地名，至於這所指的是什麼地方，那就很難說，因為在幾篇小說裡所說的並不一定，只可說是紹興的一處鄉村或是坊巷罷。《吶喊》裡此外還有兩篇小說都說魯鎮，也都說到咸亨，但《風波》顯明系水鄉的事，《藥》的背景不明瞭，似乎城鄉均可，唯獨這孔乙己的故事不但出現於魯鎮，而且是以咸亨酒店為舞台的，因此可以說這是指的著者的故里東昌坊口，因為咸亨是開設在那裡的。這是一個小酒店，卻有雙間店面，坐南朝北，正對著魯迅故家新台門的大門。這是周家的幾個人所開設，請了一個夥計一個徒弟照管著，但是不到兩年就關門了。這年代已經記不清楚，但可能在光緒甲午乙未，即一八九四至九五年，因為記得看見孟夫子總是在魯迅的父親伯宜公去世之前，所以這猜想大概是差不多少的。店堂的結構與北京的大酒缸不相同，但在上海一帶那種格式大抵是常有的，即是本文所說當街一個曲尺形的大櫃台，櫃裡面預備著熱水，可以隨時溫酒，畫家作圖，如看北四川路一帶小酒店，店堂內曲尺櫃台的對過放著兩副板桌條凳，算作雅座，(也有雅座在後進的，但那就畫不出了。)櫃台邊有一兩人站著喝碗酒，那情形也便差不多了。

一〇　溫酒的工作

本文裡說櫃外酒客的情形很有意思：「他們往往要親眼看著黃酒從罈子裡舀出，看過壺子底里有水沒有，又親看將壺子放在熱水裡，然後放心：在這嚴重監督之下，羼水也很為難。」溫酒在鄉下通稱燙酒，也是一件不容易的工作，自己燙了吃時，冷熱的水候是很難調節得恰好的，在櫃上燙酒，如這裡所說，更是困難，因為這不是水的冷熱而是水的多少的問題了。沒有真正當過酒店夥計的人，固然誰也不能知道此中奧妙，但是在小時候幾乎每日都去咸亨，閒立呆看，約略得知一點，便是這羼水問題在主客兩面是怎樣的看得重要。在紹興吃老酒，用的器具與別處不大一樣，它不像北京那麼用瓷茶壺和盅子，店裡用以燙酒的都是一種馬口鐵製的圓筒，口邊再大一圈，形似倒寫的凸字，不過上下部當是一與三的比例。這名字叫做窴筒，讀如生窴面的窴，卻是平聲，圓筒內盛酒，拿去放在盛著熱水的桶內，上邊蓋板鏤有圓洞，讓圓筒下去，上邊大的部份便擱在板上。夥計酒裡羼水，可能在吊酒的時候，可能在窴筒內留著一點水，因為他照例要先把竄筒洗一下，老酒客卻高呼道：竄筒不要洗！由此可以知道，在這裡有什麼的花樣，魯迅敘述他們要看過壺子即是竄筒底里有沒有水，也正是從實際看來的事。一竄筒的酒稱作一提，倒出來是兩淺碗，這是一種特別的碗，腳高而碗淺，大概是古代的酒盞的遺制吧。

一一　酒店餘談

魯迅這篇小說是寫孔乙己的，但同時也寫了咸亨酒店。那裡雖然說的很簡略，卻把那時代的小酒店的空氣寫得一個大概，其次是店頭的情形，似乎在別的文章上也還沒有人這樣寫過。那所寫的是以一般酒店為主，本來又是小說，不必求詳實，現在卻就咸亨的實際情狀來說明一點。門口是照例的曲尺形的櫃台，臨街的一面在靠牆部分，陳列種種下酒的數據，不過那地方不很安全，二流子或潑皮破腳骨之流路過時大可順手牽羊的抓些去，等到夥計從櫃台後邊繞出去追趕，再也來不及了，所以在那角落也照例裝著一尺多高的綠油柵欄。那些食品頂普通的是茴香豆和雞肫豆，花生豆腐乾，或者也有皮蛋，但咸亨並不能全備，就只有兩三樣罷了。大酒店裡也有些葷菜，如魚乾之類，又或可以供應醉蝦等酒菜，那隻在大雅堂這種店裡才有，城裡差不多隻此一家，乃是紳商所專用的酒館，性質有點不同了。大雅堂的冰雪燒很有名，咸亨這些店裡便沒有，所有的主要是老酒，此外有燒酒，玫瑰酒與五茄皮，北京的茵陳酒色彩很好，在鄉下卻是不見，大概歸到藥酒裡去了吧。紹興說吃酒幾乎全是黃酒，吃的人起碼兩淺碗，即是一提，若是上酒店去只吃一碗，那便不大夠資格，實際上大眾也都有相當的酒量，平常少吃還是為了經濟關係，大抵至少吃下兩碗是不成問題的。

一二　饅頭

《藥》是一篇講人血饅頭醫治癆病的故事。在《水滸傳》裡，人肉饅頭出現過好幾次，讀過的人大抵都記得，特別是十字坡的一段，大家覺得很有趣，卻沒有什麼反感，我想這是不對的。那豈不是《狂人日記》裡所說的事麼？《水滸》寫得很好，但也有這些不健康的地方。人血饅頭問題比較的小了，又說是可以醫病，這裡提出來加以描寫，揭穿了這藥的愚蠢，凶殘以及虛妄。這種饅頭是藥，與梁山泊英雄所賣的做點心的有點不同，其根據是人的血肉有醫療的功用，以前孝子孝女的割股也即是應用這個原理。《狂人日記》裡說李時珍在「本草什麼」上明明寫著人肉可煎吃，這是小說的話，事實上李君並沒有這麼說，他倒是竭力反對，有云：「後世方技之士，至於骨肉膽血咸稱為藥，甚哉不仁也。」但由此可見方技之士很看重這些藥，他們的力量又很廣大，所以在民間頗有勢力，表現出來的是盜墳偷骨頭做藥，割股與做人血饅頭。在前清時代這事並不難辦，只須囑託劊子手，在殺人的時候拿一個白饅頭蘸一下，這就成了。本來要表示這藥的虛妄，只消說吃下去還是死了，不管這是哪個大辟犯人的血都好，但這裡特別說是一個革命少年，多少如著者在序文所說，有點是故意的，一方面也為得可以讓幾個茶客發揮意見，雖然即使殺的是強盜，發揮也還是可以的。

一三　秋瑾

這篇小說的背景是紹興府城內，因為那被殺的夏瑜即是秋瑾。地點是軒亭口。那在大街的南段，清風裡口與清道橋之間，與府橫街相遇，成為丁字街，那裡有一個閣，橫匾上題字曰「古軒亭口」，正如小說所說的那樣。秋瑾被殺是在光緒丁未（一九〇七年）六月初五日，小說裡說是秋天，這正和把夏瑜改說成男孩是同一的手法。徐伯蓀案發後，知府貴福派兵包圍大通學堂，將秋瑾捕去，並未怎麼審問，隨即殺害，外間相傳系由於胡鐘生的進言，不久胡即為王金發所暗殺。小說裡夏三爺先去告官，自然也是小說化，未必就是影射這事，因為著者在這裡是罵士大夫的升官發財思想，只要有銀子，什麼喪天害理的事情都會得做的。不過在事實上至少在清末這類的事倒也不多見，因為士大夫很是世故，有如魯迅在《懷舊》中敘禿先生勸告金耀宗，對於亂黨應取什麼態度，有云：「此種人之怒固不可攖，然亦不可太與親近。」翻轉來說，便是接近不得，得罪了怕有後患，他們對於清朝那時也看得沒有多大希望了，秋瑾為了革命犧牲生命，同志當然尊敬她，但墳上擱花環的事也不會有，著者在序文說明是用了曲筆，叫人不要太感覺到寂寞，從事實上來講這也是不可能的事，因為鄉下弔祭用花圈大概還是二十年來的事情，就是在現今要想找一個紅白的鮮花環，恐怕也還不容易吧。

一四　府橫街

前回我們說那小說的背景是城裡，因為做藥的地點是軒亭口。現在再來研究一下華老栓的家是在哪裡。著者寫小說的時候未必有這意思，華家茶店在哪裡並無指定的必要，我們講的是人地事物，雖然有似拆碎萬花筒的殺風景，也不妨來試說看。本文中沒有說明華老栓所走的路的方向，但在他拿到了饅頭，走回家去的時候，說太陽出來了，在他面前顯出一條大道，直到他家中，後面也照見丁字街頭破匾上的字。我們從這裡可以看出來他是在丁字的直條上走著，這即是府橫街，通過鎮東閣，盡頭是臥龍山，因為府署就在那裡，所以通稱府山。華老栓的家確實是在府橫街，他最初出來時遠遠裡看見一條丁字街，隨後衣服前後有一個大白圓圈的兵走過，擁過了一大簇人，裡邊便是犯人，從府署裡來的，路線方向都對，正是證據。華老栓的名字別無多大意義，它還是從小栓來的，在北方很是普通，栓的意思是縛或系，恐怕小孩養不大，給他取這名字，有如鄉下的掛牛繩，但在紹興是沒有的。癆病（虛損？鄉下稱為損症）患者飯量特別好，要吃好兩碗，吃得大汗直流，也是常見的事實，這裡寫的很是真切。小栓死後葬在西關外，文字上是說西門外，但是依地理說應當是在西南的偏門外，記得東北的五雲門外有一處叢塚，舊石牌坊題曰「古義阡」，偏門外有否卻是記不清楚了。

一五　燈籠

這本來是一篇小說，有些事情因了寫作的方便加以變易，與實際有出入，也是平常的事。如華老栓見了饅頭不敢拿，劊子手便搶過燈籠，一把扯下紙罩，裹了饅頭塞與老栓，這在當時實在也找不到別的合適的包裹的東西，只好如此，下文說將那紅紅白白的破燈籠在竈內燒了，也特別表明那是北京通行的白紙小燈籠。若是在鄉下，沒有這種輕巧的東西，最普通廉價的是所謂「便行燈籠」，長圓形，不標姓或堂名，只寫便行二字，但竹骨也很堅實，紙上滿塗桐油，是不能那麼包裹什麼用的。北京以前有御用的燈籠庫，至今還當作地名儲存著，可是找不到一家燈籠店，這是很奇怪的。封建時代都城滿地都是官，拿了什麼內閣或太史第的燈籠也出不得風頭，不用是無足怪的，可是別的也什麼都沒有，只有那一樣白紙小燈，只香瓜那麼大，在雜貨店裡寄賣。為什麼不塗桐油的呢？大概因為不下雨的緣故吧，但是北京人也多忌諱，卻不嫌惡，再不寫一兩個字，或畫點蘭草上去，南方的不全白，不寫便行也總有個福字的。又如康大叔即是那劊子手到華家來時，華大媽給他在茶碗裡加上一個橄欖，表示優待，事實上也未必有，舊曆元旦茶館供給元寶茶，碗裡有青果，在平時並不如此。華家茶館的客人中間只有駝背五少爺原有模型，是魯迅的一個本家叔輩，其餘都無所指，只是那些可能有的閒雜人而已。

一六　何小仙

《明天》是一篇很陰暗的小說，本來這也難怪，因為這小說乃是寫孤兒寡婦的。單四嫂子（這名稱是北京式的）帶著她的三歲的孤兒寶兒，靠了紡棉紗賺錢度日，寶兒忽然生了重病，求神許願，吃單方，看醫生，都沒有用，終於死了。這裡並沒有本事與模型，只是著者的一個思想藉著故事寫了出來，所以這與寫實小說是不一樣的。看寶兒的病大概是肺炎吧，著者那麼地細細敘述，可能心裡想念著六歲時因肺炎死亡的四弟，那是在光緒戊戌（一八九八年）的冬天，魯迅進了南京學堂，適值告假回來在家裡，看見那時的情形的。在記述單四嫂子抱了小孩去找醫生的時候，魯迅重重的譴責那些庸醫，與五六年後所寫《朝花夕拾》中的一篇《父親的病》可以比較。什麼中焦塞著，什麼火克金，說著這類的話亂開藥方，明瞭的顯出不學無術，草菅人命的神氣。醫生何小仙的姓名也顯示與為魯迅的父親醫病的何廉臣（《朝花夕拾》中稱作陳蓮河）有聯帶的關係，《狂人日記》裡的醫生也是姓何。藥方第一味保嬰活命丸，指定須往賈家濟世老店去買，這也是事實根據，不記得是哪一種丸散，魯迅常受命到天保堂藥店去買來，那店就在府橫街東頭路南，可以望得見軒亭口的。即使那些丹散不像現在「五反」運動中所發覺似的那麼做假，但是醫生與店家那樣勾結，也總是無私有弊，共同剝削病家是無疑的了。

一七　老拱

在《明天》中間，為了寫小說方便而說的地方也有幾處。其一是寶兒的喪事，如照事實來講，不可能有那麼的排場。寶兒死時說是三歲，照鄉下通例，是不算怎麼一回事的，這就是說簡單包斂掩埋，不大要多少人幫忙的，費用或者只是幾百文吧。棺材也只叫做匣子，同洋油箱差不多，價格也大抵彷彿。本文裡說王九媽將兩條板凳和五件衣服作抵，替單四嫂子借了兩塊洋錢，給幫忙的人備飯，又說一副銀耳環和一支裹金的銀簪，都交給了咸亨的掌櫃，託他作一個保，半現半賒的買一具棺木，這在當時都與實際不大相符，因為這是小說，所以這些出入可能有，也是沒甚關係的，我們這裡專說社會事實，便來說明一下。其二是咸亨酒店的開店時間。本文說它開到半夜，又說酒客唱小曲，嗚嗚的唱完了不多時，東方已經發白，雖然說是夏天夜短，但酒店開到東方發白，也不是事實所有的。茶坊酒肆夜裡關門晚，也總不到夜半吧。這小說裡的人除何小仙外大抵沒有模型，藍皮阿五和紅鼻子老拱都只是一般的二流子，老拱的名字卻含有意義，這就是說豬玀。魯迅常說起北方老百姓的幽默，叫豬作「老拱」，很能抓住它的特色，想見咕咕的叫著用鼻子亂拱的神氣，至於藍皮阿五不知是何取意，大概只是當老拱的一個配角罷了。

一八　一件小事

《一件小事》是《吶喊》裡的第五篇。這一篇短得很，共總不過一千字左右，大概是給《晨報副刊》所寫的，當時也並不一定算是小說，假如在後來也就收入雜文集子裡算了，當初這《吶喊》還是第一冊出版的書，收在這裡邊，所以一起稱為小說。這裡所說的是很簡單的一件事情，著者坐了洋車將進城門，一個老太婆碰倒在地，說是摔壞了，他看並沒有受傷，可是車伕很正直的扶了她投到前面的一所巡警分駐所裡去了。他看見她的背心兜著車把，「慢慢倒地，怎麼會摔壞呢，裝腔作勢罷了」。在當時這類事情的確常有，特別是老太婆，這樣的來尋事訛錢，這是過去社會遺蹟，後來也漸漸少有了。他望著車伕的後影，覺得高大起來，顯出自己的渺小，這比幼小時候所讀過的「子曰詩云」更有力量，給他一種教訓。據說那是在民國六年冬天，所謂S門當然是北京的宣武門，這介在會館與教育部的中間，馬路開闊，向北走去是相當的冷的。這一件事可能是實有的，不過我不曾聽他說過，在寫了出來之前，雖然我是在那年的春天來到北京的。這篇故事既然很短，意思又很是明白，所以沒有需要說明的地方。宣武門外北頭是達智橋口，路西有一個郵政分局，至於巡警分駐所在哪一邊，因為多年不到那裡去，已經記不清楚了。

一九　夏穗卿

《頭髮的故事》也是自敘體的，不過著者不是直接自敘，乃是借了別一個人的嘴來說這整篇故事罷了。這人是前輩先生N，一看他的口氣，最初要猜想那是鄉先輩夏穗卿，他在清末著有《中國古代史》（原來的名字只是「中國歷史教科書」），很有點新意見，在教育部任社會教育司長，是魯迅的上司，也是他所佩服的前輩之一人。他在以前也是「新黨」，但民初看了袁世凱的政治很是灰心，專門喝酒，有人勸他節制，怕於身體不好，他總用杭州話回答說：我要喝，夾（怎樣）呢？本文中述著者批評市民忘了雙十節，N先生道：「他們對！他們不記得，你怎樣他；你記得，又怎樣呢？」這話說得有點相像，大概著者也是有意來寫他的口氣的，可是相像只是至此為止，後邊所講的故事便不再是夏先生的了。下文又說北京商民雙十節掛旗的情形云：

「我最佩服北京雙十節的情形。早晨，警察到門，吩咐道『掛旗！』『是，掛旗！』各家大半懶洋洋的踱出一個國民來，撅起一塊斑駁陸離的洋布。這樣一直到夜，——收了旗關門；幾家偶然忘卻的，便掛到第二天的上午。」這些便都是著者自己的話了，雖然算是N先生所說的。魯迅平常對於「輦轂之下」的商民的有些奴氣，特別有反感，這裡藉端來說一通，但是這些話或者夏先生也曾說過亦未可知，不過沒有確實的證據罷了。

二〇　剪髮

這裡關於頭髮的故事，可以說是分作三段來說的。第一段說的是過去時代，中國人為了頭髮怎麼吃苦受難，舉明末清初和洪楊時代的事情為例。第二段是故事的中心，講清末民初的事，乃是魯迅自己的經歷，大抵都是事實，只有一兩處小說化的地方。這裡又可以分兩個時期，一是光緒壬寅至戊申，即一九〇二年至〇八年，為留學時期，二是宣統己酉至辛亥，即一九〇九年至一一年，為回國教書時期。魯迅往日本留學，是江南的官費生，最初沒有剪髮的自由，大家只好在頂上留一小塊，頭髮解散挽作扁髻，戴上帽子，可以混得過去。有些速成班的學生，捨不得剃去一部分，整個的盤在頭頂上，帽頂特別突出，樣子很是難看，被加上輕蔑的諢名曰「富士山」，有的還有幾縷短髮，從帽子下面漏了出來，在頰邊飄動，更顯得男不男女不女的。自愛的學生受不住這種激刺，便發憤剪髮，薙光成為和尚頭，魯迅也是其中之一，時間大概是一九〇三年二月，因為那時他有一張「斷髮照相」寄回國來。監督反對的話大概本無其事，那年有一個姓姚的，不記得是哪一省的監督，被留學生捉姦，剪掉辮子，拿去釘在留學生會館，所以「涉筆成趣」的把它拉進故事裡來了。姚某與某名流（姓名略）的妾有關係，由學生們去捉，其事甚奇，錢玄同知道得最清楚，可惜沒有詳細問他。捉姦的學生中有鄒容，他為了所寫的《革命軍》，在上海被捕，與章太炎同被監禁，他死於西牢，太炎至丙午（一九〇六年）才被釋出，往東京去。

二一　假辮子

第二段落可以說是假辮子的故事。大概在二十世紀初期的十年中，在上海有專做假辮子的這一種行業，說不定只有一人專利，因為這種生意不很多，禁不起好幾家店鋪來搶的。據我在丙午前後所知道，這還並不是什麼商店，單是一個名叫阿什麼的理髮匠，住在小旅館裡，專門給人家剪髮，一個人要一塊錢，剪下來的辮子不問大小一律歸他所有。那時候流行前瀏海發，有的留長一點，沿著頭髮的頂搭編成一圈小辮，他便照這個樣子編了假辮子，賣給剪了辮子後來還要的人。這一條假辮子賣兩元錢，比起剪髮的價目來並不能算貴，其實他只因有一把軋剪，所以那麼居奇，若是剃光頭就算，任何剃頭的都是做得來，但或者仍然要敲竹槓也未可知。魯迅於癸卯（一九〇三年）秋回家一趟，那時就在上海買了一條假辮，戴時如不注意，歪了容易露出破綻，而且這一圈小辮紮緊在頭頂，好像是孫行者的緊箍一樣，大概也很不舒服。那年他在鄉下要上街去的時候，才戴了兩回，等到出發回學校去，一過了錢塘江，便只光頭戴草帽了。鄉里人看不慣沒有辮子的人，但是似乎更不喜歡裝假辮的，因為光頭只是「假洋鬼子」罷了，光了頭而又去裝上假的辮子，似乎他別有什麼居心，所以更感覺厭惡了。魯迅在這一時期，戴不了幾回假辮子，因此也不大怎麼挨罵，那時我在鄉下，是知道的。

二二　男學生剪髮

魯迅第二次回家是在丙午即一九〇六年夏天，那時也不記得他裝假辮，因為在家日子不多，不常到外邊去，就用不著這撈什子了。第三次歸家是己酉即一九〇九年春夏之交，往杭州的兩級師範學堂教書，大概有一年多吧，這期間怎麼樣我不知道，須得請教當時的同事們，雖然許季茀夏丏尊等人都已去世，但別的先生或者還可以找得到。所謂假洋鬼子與打狗棒，向來是分不開的，但故事裡N先生說，拿著一枝手杖，打那嘲罵的人，他們才漸漸的不罵了，這並不是事實，不過是另外有事實的根據的。本文中所說的本多博士即是林學博士本多靜六，他到南洋和中國遊歷，有人問他：你不懂話，怎麼走路呢？他拿起手杖來道：這便是他們的話，他們都懂。魯迅在報上見到這話，時常提起來說，這裡也拿來作材料，對於帝國主義的學者表示憤怒，也對於被這樣說的國人表示悲哀。大約在庚戌即一九一〇年的下半年吧，魯迅從杭州回到鄉下，在紹興府學堂（後來的浙江省立五中）當學監，故事裡所說學生剪髮的事件就出在那時候。知府是溥字輩的宗室，卻是一個庸懦的人，也沒有什麼意見，但是那時候裁府並縣，他就卸任離去。可能那事件是出於辛亥年秋季，這位溥什麼早已走掉了。師範學堂的學生六人剪髮，都被開除，當是事實，校長似是杜海生，府學堂的校長是誰卻已記不得了。

二三　女學生剪髮

《頭髮的故事》的第三段是關於女人剪髮的問題。男人剪髮在清末民初雖然經過些波折，總算終於成功了，像上一段裡所說，在辛亥革命的前夕青年競先剪辮，因為沒有遇見張勳孫傳芳這一流人，也幸得無事過去。男人的辮子在那時候只有政治的意義，民初儘管軍閥專權，但總算換了朝代，所以清朝的辮子去掉並不足惜。可是女人的頭髮，那是另一件事，彷彿是有禮教的意義，剪去長髮無異於打倒禮教，所以是絕不可容許的。說也奇怪，軍政官商的反對倒也罷了，那身為校長教員的太太小姐們尤其特別起勁，「剪掉頭髮的女人，因此考不進學校去，或者被學校除了名」，這些都是實在的事情。那時是民國九年即一九二〇年，單說北京，女高師的附中，市立的女中，差不多都是這種規矩，那些校長們的名字大家也還記得。魯迅在這裡便很替那些因了頭髮而吃苦受難的女子不平，也可惜她們無謂的犧牲。「改革麼，武器在哪裡？」這改革顯然是應寫作革命，只是臨文避了諱。下面又說：「你們的嘴裡既然並無毒牙，何以偏要在額上帖起『蝮蛇』

兩個大字，引乞丐來打殺？」這尼采式的一句格言，是魯迅自己平時所常說的話，放在故事中的N先生口裡做個結束，倒也是適宜的。這篇《頭髮的故事》一看很是簡單，但是說來已有了五節，就此打住吧！

二四　風波

《風波》這篇小說聽說讀的人最多，因此講解批點的人自然也是最多了。這使得我很有點兒惶恐，覺得文章不好寫，可是有什麼辦法呢？我沒有工夫去詳細參考，見到了些好意見也不好就借來用，反而要嚇得不敢下筆了。考慮的結果還是單看白文，憑了自己關於鄉下事情的一點的了解，老實的說法，最是省事，所以就這樣的辦了。

這故事是講一個鄉村和家庭裡的小風波。七斤是撐航船的，辛亥光復之後在城裡被剪去了辮子，便變了光頭了，因為天天搖船進城，很知道些新聞，如某處雷公劈死了蜈蚣精之類，所以在村裡也成了一個出色的人物。有一年夏天，他回來有點頹唐，他聽說「皇帝坐了龍庭了」，又據咸亨酒店裡的人說，皇帝是要辮子的，而他自己卻是沒有。七斤夫婦正在著急氣惱，走來了鄰村的名流，以前曾經被七斤罵過一回的趙七爺，他引據《三國演義》和「長毛」時候的典故，宣告沒有辮子該當何罪，嚇得他們要命。但是過了幾天，七斤的老婆走過鄰村趙七爺的酒店門口，看見他坐著看書，小辮又像道士似的盤在頂上了，回來同七斤討論，是不是皇帝不坐龍廷了。結果是大家都想「不坐了罷」，於是這事就完了。七斤夫婦還是從前那麼過日子，上有九斤老太，下有女兒六斤，也是那麼生活下去。

二五　怕張順

這裡所說的也是關於頭髮的問題。在現代青年人看來，這不成什麼問題，可是在清末民初卻很成過問題，而且時間也頗長，魯迅寫這兩篇小說都在民國九年，可以知道。中國人本來是留髮挽髻，像以前的朝鮮人似的，滿人搶了中國去，強迫剃頭留辮子，人民抗拒絕從，多被殺害，相傳有留頭不留髮，留髮不留頭的話，又說剃頭擔的扁擔很短，一頭卻長出一大段，本繫腰刀，那一段是刀柄，殺了不肯剃頭的人，就把頭掛在那旗竿上示眾。辛亥革命成功，在洪楊五十年後，民間對於剪髮懷著戒心，這是不足怪的。曾見民國七年《北京大學日刊》上所載的「歌謠選」（每日載一則，劉半農選注，後未輯集印行），有一則云，不剃辮子沒法混，剃了辮子怕張順。這大概是河北欒亭一帶的歌謠，記得是李守常君所錄寄的。還有注云：張順蓋系張勳之訛，勳字念作上聲，便近於順字了。這個事實可以說明七斤夫婦害怕的心理，但是還有一個反面，即是頑鈍不通的假遺老，如趙七爺之流，他依附著統治階級生活，覺得辮子是權威的象徵，捨不得去掉，還有幸災樂禍的造謠，去威嚇沒有了辮子的鄉里人，那又是一個附助的原因了。

附記

《北京大學日刊》自民國七年（一九一八）五月二十日開始登載「歌謠選」，由劉半農主編，從徵集所得的稿內選出，每日一篇，至第一四八則而中止。當時曾裁出黏貼成冊，頃於故紙堆中找到，因一檢查，其中有李守常君寄稿三首，今錄於下：

三四　瘦馬拉搭脖，糠飯粃子活。原注云：直隸樂亭一帶地主多赴關外經商，農事則傭工為之。此謠乃諷地主待遇工人不可太苛。若地主以糠飯食工人，則工人所作之工活亦粃子之類也。

三五　春鰍秋鱸，白眼割谷。原注云：樂亭濱海，產魚。鰍，鱸，白眼，皆魚名。春時最肥美者為鰍，秋時為鱸，割谷時則為白眼。

三六　不剃辮子沒法混，剃了辮子怕張順。原注云：入民國來，鄉間盛傳此謠。張順殆張勳之訛。

二六　孝道

上邊所說鄉里人怕剪辮子由於怕懼，但也有一種是出於留戀之情的。頭上剃成半邊和尚，又長上一根茨菇的芽似的東西，對於它覺得留戀，這似乎是有點離奇的事，但也確是事實。本文中七斤嫂說，從前是絹光烏黑的辮子，現在弄得僧不僧道不道的，即是現成的一例。還有些實例，說來有點可笑，在本人卻是十分誠懇的，而且還從倫常道德出發，說來更是奇怪了。有許多人反對剪辮子，理由是說於「孝道」有缺，照例兒子遭著父母之喪，要結麻絲七天，便是把蕁麻絲替代辮線，編在辮子裡邊，假如剪了發就沒有地方去結了。不過這種「孝思」也抵禦不住法令，鄉里人如要到城市裡去，終於不免被巡警將辮子剪去，於是他們發明一種新方法，來補救這個缺恨。這有兩樣辦法，其一於遭大故的時候，用麻絲作一箍，套在頭上，餘下的幾縷讓它拖在腦後，其二是剃光了頭，拿麻絲一大縷，用「膏藥黏」（膏藥用的素材）貼在頂門上，同樣的掛了下去。這兩樣我都曾經見過，並不是信口開河，只是說明有的舊思想如何根深蒂固，往往不必要的支撐在那裡，要經過很久的年月才能改變。辛亥革命，掛上「民國」招牌，政治還是那麼樣的糟，只是人民可以不再拖辮子罷了，有人說上毛廁和睡覺可以方便些，這個方便在最初卻不大受歡迎，這事情如不說明原因，卻是有點不容易了解的。

二七　復辟的年代

這篇故事的年代很是明顯，因為皇帝坐龍廷和張大帥保駕，指的是宣統的復辟，時在民國六年七月，這是毫無問題的。但這原是一篇小說，著者只是借了這復辟事件來做個背景，並不是在寫歷史小說，所以與史實未必相合，而且這也原是不必的事。七斤天天撐航船進城，被剪去辮子當是民國元年，這到復辟時已有五年了，但故事裡所寫似乎只是第二年的事情，在村裡只有七斤是光頭，此外有些人「剪過辮子從新留起」，躲避不敢見趙七爺的面，可以知道，若是相隔五年，那留起的辮子也已頗長了。六斤在故事裡不說明多大年紀，但說那時最近裹腳，所以可以推定是六歲吧，那麼可能是民國元年所生的。七斤嫂說她在七斤剪掉辮子的時候（民國元年）哭了三天，連六斤這小鬼也都哭，若講事實則六斤還不懂人事，哭也不是為了辮子的緣故。趙七爺所引的典故，即留頭不留髮兩句話，乃是清初的出典，與洪楊時代無關，也是合不上去的，趙七爺只知道張翼德的丈八蛇矛，這樣的說正無足怪，若信以為真，便上了他的當了。這裡的地點說明是魯鎮，又有咸亨酒店出現幾次，但是一個水鄉的小村，因為從魯鎮有航船進城，一天裡打來回，大概有三四十里的水路吧。鄉下每天開行，與城裡聯絡的叫做埠船，往外縣去的才叫做航船，但在錢塘江以西則一律都稱航船了。

二八　六斤

在《風波》裡邊，「六斤這小鬼」雖然出場的時候不多，卻是很有重要的意義的。她最初在吃炒豆，聽見九斤老太在罵，便躲在河邊烏桕樹後，伸出雙丫角的小頭，大聲說：「這老不死的！」其次因為皇帝要辮子，大家正在驚擾的時候，她吃完一碗飯，嚷著要添，被七斤嫂用筷紮在雙丫角的頭上，喝道：「誰要你來多嘴！你這偷漢的小寡婦！」末了風波過去了，六斤已經大了一歲，雙丫角變了一支辮髮，雖然最近裹腳，卻還能幫同七斤嫂做事，在土場上一瘸一拐的往來。讀者盡可賞識他筆法之妙，但在著者，不久以前在《狂人日記》上提出「救救孩子」的口號，他是怎麼的感想，我們去探討一下，也是應當的。生活困苦，使得母子天性顯得漓薄，這卻正是苦的深刻的表現。著者常說，在鄉下走過窮人家門口，看見兩三歲的小兒坐在高凳上，他的母親跪著拜祝道：我的爺呀，你為什麼還不死呢！拜得那小兒拚命的哭叫。這事使他長久不能忘記，但尤其不能忘記的乃是看著小女孩一瘸一拐的走。現在看不到了，這是很幸福的。過去的人看慣了並不覺得難看，而且自然還有些人以為是「美」，所以這習俗才那麼的普遍長遠，至少維持了有一千年。清朝的辮子是敵人所強迫拖上的，裹腳在清初曾禁止過，但士大夫卻又特別愛護，終於因了王漁洋等人的努力，和八股文一起保留下來了。直至道光年中，俞正燮在講唐朝服色的一篇文章上加以檢討，經康有為蔡元培等人的提倡，逐漸成立廢止纏足的運動。可是運動的進展很緩慢，《風波》裡所寫是民國六七年的事情，距戊戌已將近二十年了，像六斤那麼的小孩還是成群的一瘸一拐的走著，著者有說不盡的憤慨，只好那麼冷冰冰的說一句作結罷了。如今又過了三十多年，六斤這一代中年人尚在，可是下一代總不再裹腳了，將來讀書看到這裡或者會覺得難懂，但這正是著者所希望的事，一定反以為幸福的吧。

二九　九斤老太

九斤老太是一個不平家，她的格言是「一代不如一代」。她不是哪一位老太太的寫真，卻又是實有其人，不過古今不知道有若干人，她只是其中一個近代的代表而已。據說現存世界最古的文書是埃及第十二王朝的一個寫本，是四千二百年前，在中國正是相傳大禹治水時代的東西，裡邊便說人心不古，可知這種意思真是古已有之的了。河邊駛過的酒船裡的文豪，望著七斤他們吃飯，感嘆說：「這真是田家樂呵！」表面上雖有點不同，但實際是與九斤老太一鼻孔出氣的，他逃避現實，只是不面向過去，卻是往遠隔的地方去找理想生活，田野山林便是好材料，雖然單是說說，絕不真是要走到那裡去的。中國的詩人具有一個很特別的傳統，他在行事上儘管勢利燻心，只往上爬，做起詩來總是志在山林，推重隱逸，例如韓愈，在《上宰相書》中那麼熱心做官，但《山石》那一首詩中（取其收在《唐詩三百首》裡，大家多知道）卻說「人生如此自可樂，豈必侷促為人鞿」。詩豪與九斤老太正是一夥兒的人，或者可以說是詩與散文的兩方面，因為詩人歌頌山林，寫散文時便將變為嗟嘆人心不古了。在原文中，這些部分都含有詼諧成分，挖苦詩人固不必說，便是九斤以至六斤，那麼規則的遞減一斤，也原是涉筆成趣的寫法，七斤嫂斤斤於斤數的多寡，引私秤為證據，自然更是故作幽默罷了。

三〇　民俗數據

在《風波》這篇小說裡，有好些鄉村民俗的數據，這是值得注意的。如第一節云：「面河的農家的煙突裡，逐漸減少了炊煙，女人孩子們都在自己門口的土場上潑些水，放下小桌子和矮凳；人知道，這已經是晚飯時候了。」又如女人端出烏黑的蒸乾菜，又云七斤嫂將飯籃在桌上一摔，這都零碎而簡潔的寫出民間在夏天吃晚飯的情形來。九斤以至六斤這四代的名字本來是開玩笑的，但說明云：「這村莊的習慣有點特別，女人生下孩子多喜歡用秤稱了輕重，便用斤數當作小名。」這卻說的是事實，而且也還是很普遍的習慣。七斤罵過趙七爺是「賤胎」，七斤嫂對著他的丈夫亂嚷，叫他作「死屍」，都是罵人的話，但也可以說是一種（不很好的）習慣。女人在鄉村儘管被打被欺凌，有的卻也很口頭倔強，死屍和殺頭這些話掛在嘴邊的並不少見。說是七斤嫂特別潑悍，也不併然，在著急氣惱的時候更容易多漏出來，那是很自然的事。七斤拿著象牙嘴白銅斗六尺多長的湘妃竹煙管，大概是故意誇張的描寫，普通鄉下男人只用毛竹煙管，長約三尺，女人用的較長，多是湘妃竹，但也沒有到六尺的。六斤的飯碗破了一角，拿到城裡去釘，用了銅釘十六個，也是隨便說的，因為一隻三爐碗，即使對裂了，如照鄉下兩個釘一排的釘法，五六排也就夠了吧，至於一個釘幾文錢，那已記不清楚，或者是三文一個亦未可知。

三一　兩個故鄉

魯迅在《故鄉》這篇小說裡紀念他的故鄉，但其實那故鄉沒有什麼可紀念，結果是過去的夢幻為現實的陽光所衝破，只剩下了悲哀。但此外也有希望，希望後輩有他們新的生活，為我們所未經生活過的。原文結末云：「我想：希望是本無所謂有，無所謂無的。這正如地上的路；其實地上本沒有路，走的人多了，也便成了路。」這是很好的格言，也說得很好，沒有尼采式的那麼深刻，但是深遠得多了。

這裡前後有兩個故鄉，其一是過去，其二是現在的。過去的故鄉以閏土為中心，借了這個年青的農民，寫出小時候所神往的境地：深藍的天空中掛著一輪金黃的圓月，下面是海邊的沙地，都種著一望無際的碧綠的西瓜。現在先從閏土說起。這閏土本名章運水，小說裡把土代替了水字，閏運是同音的，也替換了，在國音裡閏讀如潤，便有點隔離了。他的父親名叫章福慶，是城東北道墟鄉杜浦村人，那裡是海邊，他種著沙地，卻是一個手藝工人，能制竹器，在周家做「忙月」，意思即是幫忙的，因為他並非長年，只在過年過節以及收租曬穀的時候來做工罷了。他有時來取稻草灰，也帶了運水來過，但是有一年因為值祭，新年神像前的祭器需要人看守，那時便找運水來擔任，新年照例至正月十八為止，所以他那一次的住在城內是相當長久的。

三二　看守祭器

本文中說大祭祀的值年離現在將有三十年了，那小說是一九二一年寫的，計算起來該是一八九一年左右，事實上是光緒癸巳即一八九三年，那時魯迅是十三歲。在覆盆橋周家有兩個較大的祭祀值年，其一是第七世八世祖的致公祭，由致中和三房輪值，致房下分為智仁勇，智房下又分為興立誠，魯迅是興房派下的。所以須得二十七年才能輪到一回。其二是第九世祖的佩公祭，單由致房各派輪值，這只要九年就夠了。一八九三年輪值的祭禮乃是佩公祭，因為在丙申即一八九六年伯宜公代立房值年，白盡義務（立房的子京將祭田田租預先押錢花光，發狂而死，已見「百草園雜記」中）正是此後第三年。其次是佩公祭資產較多，祭祀比較豐盛，神像前有一副古銅大五事，即是香爐燭台和花瓶，很是高大，分量也很重，偷去一隻便很值點錢，所以特別要有人看守才行。還有一件特別的事故，便是魯迅的曾祖母戴老太太以七十九歲的高壽於前一年即壬辰的除夕去世，大堂前要停靈，值年的祖像只好移掛別處，就借用了仁房所有的「大書房」，在「志伊學顏」的橫匾下陳設起來。那是在大門內西偏，門口沒有看門的人，很是不謹慎，當時仁房玉田在那裡設著家塾，孟夫子即孔乙己就有時會溜進來，拿走一點文房具的。因此之故，看守更是不可少了。

三三　閏土父子

本文裡說閏土能裝弶捕小鳥雀，這是他父親的事，在《朝花夕拾》中曾有過一段敘述。他的父親名福慶，小孩們叫他「慶叔」，是種地兼做竹匠的，很是聰明能幹，他用米篩捕鳥，關在用竹絡倒放撐開的麻袋裡，後來拿錫酒壺盛大半壺水，把小鳥的頭塞在壺口內，使它窒息而死，都是很簡單巧妙的。壬辰那年冬天特別冷，下雪很多，積得有尺把厚，河水也凍了，有一兩天航船不能開行，是向來少有的事情。因為大雪的緣故鳥雀無處得食，所以捕獲很容易，這以後就再沒有這種機會，即使下點雪，也沒有那些鳥來了。這事可以斷定是在壬辰冬天，因為癸巳正月裡一直忙喪事和祭祀，不能再有這閒工夫了。閏土出場那時是第一次，中間隔了六年，他第二次出場是在庚子（一九〇〇年）正月，初七日日記下云，「午後至江橋，運水往陶二峰處測字，餘等同往觀之，皆讕語可噱。」測的不知是什麼字，但讕語有些卻還記得，有混沌乾坤，陰陽搭戤等句子，末了則厲聲曰：勿可著鬼那麼的著！閏土乃垂頭喪氣而出，魯迅便很嘲笑他，說他瘟了，學陶二峰的話來說他，使得他很窘。過了幾年之後，慶叔顯得衰老憂鬱，聽魯老太太說，才知道他家境不好，閏土結婚後與村中一個寡婦要好，終於鬧到離婚，章家當然要花了些錢。在閏土不滿意於包辦的婚姻，可能是有理由的，但海邊農家經過這一個風波，損失不小，難怪慶叔的大受打擊了。後來推想起來，陶二峰測字那時候大概正鬧著那問題，測字人看出他的神情，便那麼的訓斥了一頓，在這裡也正可以看到占卜者的機警與江湖訣了。

三四　豆腐西施

閏土的第三次出場是在民國以後，姑且說是民國元年（一九一二）吧。假定他是與魯迅同庚的，那麼那時該是三十二歲，但如本文中所說已經很是憔悴，因為如老實的農民一樣，都是「辛苦麻木而生活著」，這種黯淡的空氣，在鄉村裡原是很普遍的。魯迅的第二個故鄉乃是民國八年（一九一九）的紹興，在這背景出現的仍是閏土，他的樣子便是民初的那模樣，那海邊的幻景早已消滅，放在眼前的只是「瓦楞上許多枯草的斷莖當風抖著」的老屋。那些稻雞，角雞，鵓鴣，跳魚，以及偷吃西瓜的小動物，叫做俗音遮字，小說中寫作猹邊查字的，都已不見影蹤，只換了幾個女人，裡邊當然也有衍太太，但特別提出的乃是綽號「豆腐西施」的楊二嫂。豆腐西施的名稱原是事出有因，楊二嫂這人當然只是小說化的人物。鄉下人聽故事看戲文，記住了貂蟬的名字，以為她一定是很「刁」的女人，所以用作罵人的名稱，又不知從哪裡聽說古時有個西施，（紹興戲裡不記得出現過她，）便拿來形容美人，其實是愛美的人，因為這裡邊很有些諷刺的分子。近處豆腐店裡大概出過這麼一個搔首弄姿的人，在魯迅的記憶上留下這個名號，至於實在的人物已經不詳，楊二嫂只是平常的街坊的女人，叫她頂替著這諢名而已。她的言行大抵是寫實的，不過並非出於某一個人，也含有衍太太的成分在內。

三五　搬家

《故鄉》是一篇小說，讀者自應去當作小說看，不管它裡邊有多少事實。我們別一方面從裡邊舉出事實來，一則可以看著者怎樣使用材料，一則也略作說明，是一種註釋的性質。還有一層，讀者雖然不把小說當做事實，但可能有人會得去從其中想尋傳記的數據，這裡也就給予他們一點幫助，免得亂尋瞎找，以致虛實混淆在一起。這不但是小說，便是文藝性的自敘記錄也常是如此，德國文豪歌德寫有自敘傳，題名曰「詩與真實」，說得正好，表示裡邊含有這兩類性質的東西。兩者截然分開的固然也有，但大半或者是混合在一起，即是事實而有點詩化了，讀去是很好的文章，當作傳記數據去用時又有些出入，要經過點思索才能夠適合的嵌上去。這篇小說的基幹是從故鄉搬家北來的這一件事，在一九一九年冬天，於十二月一日離北京，二十九日回京，詳細路程當查《魯迅日記》，今可不贅。但事實便至此為止，此外多有些詩化的分子，如敘到了家門口時的情形，看見「瓦楞上許多枯草的斷莖當風抖著」，這寫是很好，但實際上南方屋瓦只是虛疊著，不像北方用泥和灰黏住，裂縫中容得野草生根，那邊所有的是瓦松，到冬天都乾萎了，不會像莎草類那麼的有斷莖矗立著的。話雖如此，若是這裡說望見瓦楞上倒著些乾萎的瓦松，文字的效力便要差了不少了。

三六　狗氣殺

其次，在搬家之前處分那些家具，那裡沒有舊貨店收購，(固然收購的價格，木器也是劈柴價錢罷了。) 少數有人要買的只出有限的代價，大部份給了人家，有些是被明拿或暗偷了去了。本文中特別提出豆腐西施順手牽羊的拿走了一個「狗氣殺」，這裡原是涉筆成趣，而且狗氣殺這東西的確也值得記述，本文裡有括弧注云：「這是我們這裡養雞的器具，木盤上面有著柵欄，內盛食料，雞可以伸進頸子去啄，狗卻不能，只能看著氣死。」紹興養雞照例用剩餘米飯，拌入米糠，給雞吃了特別健康，又多養的是線雞，即閹過的公雞，養大了非常肥嫩，外間稱為越雞，是有名的物產。有餘地造「雞間」，圈養在那裡的人家，普通只用雞砦來盛糠拌飯，這也是臉盆似的一個木盤，邊上直豎著一枝木柄，以便執持，因為是關在裡邊，狗不會得進來，所以無須裝有柵欄，雖然狗鑽空子撞門潛入，偷吃一空的事情也不是沒有，但那隻可算是偶然的了。在臨街的住戶，或是一兩進的房屋，雞便在路上明堂(院子) 裡散步，那麼這狗氣殺便是必要，鄉下沒有人家養狗，可是街上的狗很多，算來都是野狗，卻吃得相當肥胖，它固然不單靠糠拌飯為生，也總是它預算中一個重要專案吧。照這樣說來，魯迅家中養雞的器具該是平常的雞砦，不過這只是講道理說事實，若豆腐西施與狗氣殺則是小說，原不是一件事情。

三七　木刻書板

搬家前器具的損失，在小說裡不可能有具體的記述，本文中的一副手套，十多個碗碟和狗氣殺，那全是點綴，但即小以見大，大概情形也就可以想見了。但是事實上最覺得可惜的還是器用以外的一副無用的木刻書板，即是魯迅所輯的《會稽郡故書雜集》。這在民四乙卯（一九一五年）四月託清道橋許廣記所刻，付銀元四十元，刻成印書一百部，這板擱在樓上，整理什物時把舊存伯宜公的《入學試草》（進秀才時的文詩，刻印送給親友的）刻板付之一炬，無意中卻將這《雜集》的板也一起燒掉了。在前一年即民三甲寅（一九一四年）九月，魯迅曾將銀洋六十元交給金陵刻經處代刻《百喻經》上下卷，印書四十部，餘款六元，見於卷尾附識，這副板留在南京，可能還是存在。魯迅那時輯錄逸文，為《古小說鉤沉》，大部分已經完成，對於佛經中的譬喻故事也很看重，特別抄出這部《百喻經》來，給它翻刻。至民十五（一九二六）年王品青加以標點，用鉛字印行，用它梵文的原名曰「痴華鬘」，魯迅替他寫了一篇題記，是用文言的，這與替章川島寫的

《遊仙窟》題記不知道收在全集拾遺裡沒有。《痴華鬘》原意是說痴人戴的花冠，西洋承希臘的餘風稱詩文選集為「花冠」，因為花冠是採集各種花朵所編成的，原來古代印度也有此稱，中國雖然說「含英咀華」，意思有點相近，可是這「吃」的說法總是有點庸俗了。

三八　路程

從紹興到北京的路程，可以分作兩段，第一段是紹興至杭州，第二段是杭州至北京。這兩段長短不大一樣，但是有一個很大的差別，前段水路坐船，後段陸路坐火車。杭州南星橋站出發，當天到達上海南站，次早北站上車，在南京浦口輪渡後，改坐津浦車，次日傍晚到天津，再搭那時的京奉車，當夜可抵正陽門，其間要換車四次，但坐火車總是一樣的。紹興出西郭門至蕭山的西興鎮只有驛路一站，坐民船隻一夜就夠了，從西興徒步或乘小轎過錢塘江，那時已用小火輪拖渡，平安迅速，對岸松毛場上岸便是杭州，離南星橋不遠，來得及買票上車。這一夜的民船最有趣味，但那也以歸鄉時為佳，因為夏晚蹲船頭上看水鄉風景確實不差，從紹興來時所見只是附郭一帶，無甚可看，而且離鄉的心情總不太好，也是一個原因。本文中說到路程，只是水路那一段，因為是搬家去的，連到家的時候也顯得有點黯淡，離家時自然更是如此，雖然說「我躺著，聽船底潺潺的水聲」，很簡單卻寫的很是得神。同行的人本文只說到母親與宏兒，這也自然是小說化的地方，事實上同走的連他自己共有七人，其中兩個小孩都是三弟婦的，長女末利才三歲，長子沖兩歲，時在鄉下病卒，次子還沒有名字，生後七個月，小說中便將他詩化了，成為八歲的宏兒，因為否則他就不能與閏土的兒子水生去做朋友了。

三九　阿Q正傳

說到《阿Q正傳》，這是一個難問題，因為篇幅長內容有點複雜。我們不談文藝思想，只說這裡所用材料裡有哪些事實，現在便從那題目開始。寫這篇小說的緣起，大家從著者本人以及晨報社的編者那邊大概聽見說過，當時是在北京《晨報副刊》上發表的，這件事與本文的性格很有些關係，在民國十年（一九二一）以前各報都還沒有副刊，《晨報》在第五板上登載些雜感小文，比較有點新氣象，大約在那年秋冬之交，蒲伯英發起增加附張，稱之曰「副鐫」，由孫伏園管編輯的事。蒲伯英又出主意，星期日那一張副刊要特別編得多樣出色，讀起來輕鬆，他自己動手寫散文隨筆，魯迅便應邀來寫小說，這便是《阿Q正傳》。在這中間有幾種特點，其一為星期特刊而寫的，筆調比平常輕鬆，卻也特別深刻。其二因為要與《新青年》的小說作者區別，署名改用巴人，一時讀者多誤會是蒲伯英所寫，他雖是四川人，與「巴」字拉得上，其實文筆是全不相同的。其三，小說裡地點不用魯鎮，改稱未莊，那裡也出現酒店，並無名字，不叫做咸亨了。正傳共分九節，每星期登載一節，計共歷九個星期，小說末後注云「一九二一年十二月」，假定是十二月中旬寫畢，那麼開始揭載當在十月上旬，《晨報副刊》合訂本在圖書館中當然存在，可以查考的確時日，現在不過推定一個大概罷了。

四〇　正傳

正傳的第一章是「序」。這序是一篇所謂蘑菇文章，是銜著當時整理國故的空氣，對那些有「歷史癖與考據癖」的先生們開玩笑的。這裡第一段是關於「正傳」的名稱的考究，像煞有介事的加以仔細的穿鑿，從「列傳」說起，覺得許多名稱都不合適。「列傳」是史書的體裁，「自傳」不能由別人代寫，「家傳」是要家屬代求，「小傳」則他又更無別的「大傳」。古代小說家有《漢武帝內傳》，記遇見西王母的事，是屬於神仙家的，伶玄著《飛燕外傳》，又稱為「趙後別傳」，魯迅在抄輯古小說，對於這些著作，知道得很清楚，所以都隱括在裡面。這些人在史上有「本傳」，所以可有「外傳」「別傳」，這裡的主角卻並不是，著者特別拉出林琴南來道：「雖說英國正史上並無『博徒列傳』，而文豪狄更斯也做過《博徒別傳》這一部書，但文豪則可，在我輩卻不可的。」狄更斯這小說的原名我記不清楚了，林譯用了這麼一個書名，雖是比什麼香鉤情眼等要好得不少，這裡卻不禁引來做個材料，也正是「操刀必割」吧。林琴南又譯有哈葛得的一部《迦茵小傳》，以前

四〇　正傳

有人譯過下半部，為的儲存女主角的道德，把她私通懷孕部分略去，說是上卷缺失，林氏將全部重譯出來，魯迅對於此本頗有好感，可能這「小傳」的名字可以衍用的了。但他覺得不夠奇特，所以說阿Q更無別的「大傳」，也不能用，結果從「閒話休題言歸正傳」這句話裡，取出「正傳」兩個字來作為名目。

四一　阿Q

序的第二段是考究阿Q的姓名籍貫。主要是名字，本文中說這讀音是阿桂或阿貴，但是未能決定，因為他既非號叫月亭，或證明生日在八月裡，便不能決定是阿桂，而他又沒有名叫阿富的兄弟，說是阿貴也證據不足。幾經考慮之後，只好來用拼音，本來注音字母正可以用，但是沒有意思，所以故意撇開，改用洋字，如照威妥瑪式拼音第一字也應用「開」字，略作阿開這也沒有意思，更進一步說照英文拼法，用「寇」字成為阿寇，這裡固然在諷刺用羅馬字拼音只知道照英文讀法的學者們，實際上乃是本意要用這個Q字，因此去轉了那麼一個大圈子，歸結到這裡。據著者自己說，他就覺得那Q字（須得大寫）上邊的小辮好玩。初版的《吶喊》裡只有《阿Q正傳》第一頁上三個Q字是合格的，因為他拖著那條小辮，第二頁以後直至末了，上邊目錄上那許多字都是另一寫法，彷彿是一個圓圈下加一捺，可以說是不合於著者的標準的了。阿Q在《正傳》裡是一個所謂箭堆，好些人的事情都堆積在他身上，真是他自己的言行至多隻是兩三件罷了，

四一　阿 Q

為得他在鄉下特別有名，那兩三件事情特別突出麼，也並不見得，他的當選實在乃是為他的名字。假如魯迅寫平常的小說，就是像《吶喊》裡前面那些小說，他可能就叫他阿桂，若是要寫他的事情。但這回是為星期特刊寫的，所以在這名字上面也加上了這一點花樣了。

四二　為什麼姓趙

在《正傳》裡有兩三件事情的阿桂假如真是阿Q本人，那麼他是有姓的，他姓謝，他有一個哥哥叫做謝阿有。可是這《正傳》中所要的並不是呆板的史實，本文說他似乎是姓趙，這樣可以讓秀才的父親趙太爺叫去打嘴巴，說他不配姓趙，從第二日起他的姓趙的事便又模糊了，所以終於不知道姓什麼。其實如說阿Q姓謝，自誇與謝太爺原是本家被謝太爺打了之後，不准姓謝，也是可以的，但這樣也就沒有多大意思了。為什麼呢？秀才的父親是趙太爺，這與那「假洋鬼子」的父親是錢太爺都是特別有意義的，這《百家姓》的頭兩名的姓氏正代表著中國士大夫的新舊兩派，如改為姓謝姓王，意思便要差得多了。《狂人日記》中的趙貴翁也就是代表這派勢力，（古久先生即是所謂國故與國粹，）《風波》中的趙七爺更顯然是反動的遺老，所以是一夥兒的人。著者當時未必有這種計劃，但隨手寫來，自然歸納到這裡，我們這麼的說，或者不算是什麼附會。說到籍貫，阿Q算作未莊人，本來可以不成什麼問題，但著者要諷刺那些喜稱郡望（如趙曰天水，錢日彭城）的好古家，於是又「蘑菇」了一會兒，仍把這作為懸案，姓名籍貫三問題一個也不曾解決。結末云：「我所聊以自慰的，是還有一個『阿』字非常正確，絕無附會假借的缺點。」這話說的很是滑稽，同時對於學界的譏刺也很是深刻的。

四三　優勝紀略

《正傳》的第二章是「優勝紀略」，第三章是「續優勝紀略」。這題目雖然並不一定模仿「綏寇紀略」，但總之很有誇大的滑稽味，便是將小丑當作英雄去描寫，更明顯的可以現出諷刺的意思來。所謂優勝即是本文中的「精神的勝利」。這個玄妙的說法本來不是阿Q之流所能懂的，實際上乃是智識階級的玩意兒，是用做八股文方法想出來，聊以自慰，現在借了來應用在阿Q身上，便請他來當代表罷了。在清朝末期，由於帝國主義的猖獗，異族政府的腐敗，民間感覺不滿，革命主張與改良主義相繼發生，但一般頑固的還是反對。有些是承認不好，卻說「家醜不可外揚」，如《狂人日記》第八節所說：「總之你不該說，你說便是你錯！」是一個好例。一時舉不出別的知名的人來，這裡可能著者是根據他的本家舉人椒生叔祖所對他說過的話。又有些人更進一步，中國所有壞處和缺點都是好的，如辜鴻銘極力擁護過辮子和小腳，專制和多妻，又說中國人臟，那就是臟得好。《新青年》上登過一首林損的新詩，（他是反對派，但是寫了白話詩送給劉半農胡適之看，他們便把它登上了，）頭兩句云：「美比你不過，我和你比醜。」魯迅時常引了來說明士大夫的那種怪思想，骯髒勝過潔淨，醜勝過美，因此失敗至少也總就是勝利，即形式上雖是失敗，但精神上勝利了，只要心裡想這是「兒子打老子」。

四四　勝利一

這一回裡的勝利是前後兩段。前段是對於「閒人」的，即是遊手好閒的人，這也可以稱作流氓，方言叫「破腳骨」的便是。但是他們有大小之分，大破腳骨大概是青紅幫人物，為非作歹，搞的都是大票生意，那是另一回事，與我們現在有關係的只是那些小破腳骨罷了。他們在街上游行找事，訛詐勒索，調戲婦女，搶奪東西，吵嘴打架，因為在他們職業上常有捱打的可能，因此在這一方面需要相當的修煉，便是經得起打，術語稱曰「受路足」。魯迅的一個本家伯父名叫四七，在祠祭時自述他的故事，「打翻又爬起，爬起又打翻，」是一個好例，起碼要有這樣不屈的精神，方才進得他們的隊夥裡去。在這一點上，阿Q卻是不夠的。他是一個北方的所謂「乏人」，什麼勇氣力氣都沒有，光是自大，在這裡著者正是借了他暗指那士大夫，這也說不定。他與閒人衝突，便因為閒人們愛譏笑他，犯他的諱。他的頭上有癩頭瘡疤，所以諱說「癩」字以及一切同音的字，又推廣到「光」字「亮」字，後來連「燈」「燭」也都忌諱了。老太婆們有些忌諱，乃是關於不吉的事的，若是關於個人的忌諱，則是士大夫所獨有，宋朝有知州田登諱「燈」為「火」，元宵放燈稱為「放火」，俗語至今說：「只許州官放火，不准百姓點燈。」就這衝突的原因來看，對方是閒人，這邊雖然也似乎是閒人模樣，但性質略有不同，那種自大是並非閒人所有的。

四五　勝利二

阿Q與閒人相打，事實上是挨閒人的打，被人揪住黃辮子，在牆壁上碰了四五個響頭，形式上是完全打敗了，但是他心裡想，「我總算被兒子打了」，這樣在精神上也就得了勝利。後來人家知道了他這意思，便先對他說，這不是兒子打老子，是人打畜生，要他自己承認，他更進一步的說，這是在打蟲豸，好不好？可是閒人並不放他，仍舊給他碰上五六個響頭，方才住手。人家以為這回他一定遭了瘟了，但是並不然，阿Q還是得勝的走了，他覺得是第一個能夠自輕自賤的人，既然是第一個，豈不也就勝過了一切旁人了麼？這說明或者未免對於阿Q挖苦得太深刻了一點，但我們看上邊林損的詩裡，美比不過，同你比醜的話，便可明瞭挖苦並不過當，至少這拿來應用於林損諸公總是很適合的。後段的勝利與這裡頗有關聯，雖然形式很不相同。阿Q在戲台下賭攤賭錢，好容易贏了些洋錢角子，一下子被人拿走了。這是一個大失敗，說是算被兒子拿去了吧，說自己是蟲豸吧，都還是忽忽不樂，好像精神上也失敗了。但是他立刻轉敗為勝，他舉起右手，在自己臉上連打了兩個嘴巴，打完之後，便心平氣和起來，慢慢覺得是自己打了別人一般，心滿意足的躺下了。實際上有沒有這樣的人，我不能知道，但是這裡具體的寫出士大夫誇示精神的勝利的情狀，總是夠十分深刻的了。

四六　牌寶

那第二個勝利的背景是戲台下的賭攤。關於賭攤，可惜我沒有一點知識，可以加些說明，不然這倒是很好玩的。本文中說是「押牌寶」，小時候所聽到的也常是這個名稱，雖然事實上有各式各樣的玩意兒。據那時候的了解，牌寶是用骨牌中的天地人和四張，每回在盒子裡裝上一張，讓人猜押，一人做莊是莊家，一人做寶的叫做寶官。做寶很不是一件容易事，傳說昔有夫婦開賭場，丈夫做莊，妻子做寶，每回拿盒子去放在視窗，由她做好了仍放原處，再拿去開寶。有一回，接連的開了若干次，都是同一張牌，大出賭客的意外，莊家贏錢甚多，及至回到房內，卻發見妻子已經吊死了。原來她聽見最初她的丈夫大輸，非常憂急，一時心窄便上了吊，外邊不知道，仍舊把盒子擱在視窗，隨復拿去，所以開出來老是那一張牌，後來乃有「棺材頭寶」的名稱云。這傳說可能有誤傳，我只是道聽途說的記錄下來，希望有同鄉博聞的朋友能夠給我們說一個清楚。曾有人說，本文中莊家所唱的話不大確當，這也正是可能的事，因為著者沒有機會親身去看過。只是在看社戲或從戲台下走過的時候，耳朵裡聽見他們抖抖的沙啞的唱聲而已。本文中所說的唱詞或者不是牌寶所用的也未可知，或者是牌九所用的麼？我也全是茫然，這裡只有敬候高明的指教了。

四七　賭攤

賭攤在鄉下隨時都有，反正閒人原是通年閒著，賭攤開時不愁沒有人來，但戲台下自然最好。為什麼呢?平常閒人們聚集攏來，大半是內行，不大有多少油水，戲台下人雜，可能有些「瘟孫」來上當，便好大大的擄一批了。賭攤大抵設在戲台底下，或是台後面閒空地方，在地上放著一兩盞點洋油的長嘴馬口鐵小壺，開始他們的把戲。他們有兩個步驟，最初是正式賭錢，賭客的錢漸漸的輸入莊家的腰間，這賭場便順利的開下去，若是倒轉過來，莊家的錢輸給賭客了，那時就得使用別的辦法。忽然間有人打起架來了，洋油燈一下子弄滅，不但賭客的攤上的錢連他手裡口袋裡的也都不見，假如沒有像阿Q似的被打上幾拳，那已經是很運氣的了。這時候有的假裝衙役來捉賭了，有的只是打架，反正都沒有關係，由莊家一夥的人扮演，把錢擄走就完事。阿Q原是乏人，但這裡又被寫成瘟孫，本來他在社會上混，這點經驗也該有的，只是著者要寫賭攤的那一幕，不能不把他暫且屈尊一下了。本文中說那些擺賭攤的多不是本村人，為的是小說要省事，不想拉扯開去，其實那都是近地的破腳骨，特別是與衙役有聯絡的人，平常也與阿Q相識的，莊家的唱詞中有「阿Q的銅錢拿過來」，可以為證。唱時將對方的名字加在裡邊，這是常有的事，著者這一句記錄可以說是有事實的根據的。

四八　失敗一

第三章的題目是「續優勝紀略」，內容卻與前章很不相同，因為這裡所說的不是精神的勝利，乃是接連的幾件事，可以說是兩個失敗與一個勝利。這兩章裡所說的阿Q並無其人，可是那些事情卻都是有過的，即使有的枝節部份出於小說化，但其主幹還是實在的，不知在哪一時候由哪些人說過做過，著者留心收集了來，現在都給阿Q背在身上。這裡有些諷刺很是深刻，雖然從表面看來有許多玩笑分子，但這正是果戈里的那苦笑，這種手法在以前中國小說裡是很少有人用的。

阿Q的失敗之一是落在王胡的手上。王胡和阿Q是差不多的人物，因為是絡腮鬍子，為阿Q所看不起，阿Q挨閒人們的打也就算了，唯獨對於王胡不但不怕，而且還敢對他挑戰。本文中說他捉蝨子不及王胡，生起氣來，這是故意說的好玩，總之他發動攻勢，搶過去就是一拳，卻被王胡接住，扭了辮子要拉到牆上照例去碰頭，那時阿Q改口說道：「君子動口不動手！」結果王胡並不是君子，仍舊給他碰了五下，又推他跌出六尺多遠，揚長而去。這與鬧人事件沒有多大不同，只是因為王胡是他所渺視的人，卻敢於動手，給予他一個大打擊，覺得這是第一件的屈辱。在著者的原意，這裡或者還有一個副目的，便是藉此做個架子，可以掛出「君子動口不動手」的那塊「格言」匾來吧。

四九　失敗二

阿Q的失敗之二是落在「假洋鬼子」的手上。這是錢太爺的兒子，曾經到城裡進過洋學堂，又出洋半年回來，腿也直了，辮子也不見了，卻戴著一條假辮，拿著一支黃漆的哭喪棒，是阿Q所最為深惡而痛絕之的人，稱他假洋鬼子，也叫做裡通外國的人。這意見與第六章裡說殺革命黨好看，第四章裡說女人是害人的東西，都有聯絡，都是士大夫的正宗思想，在小說裡卻來借給了阿Q了。當時在王胡手裡吃了虧，正沒有好氣，看見這個對頭走來，不禁把向來在肚子裡暗暗的咒罵的話說了出來，結果是在頭上拍的被打了一棍子。他趕緊指著近旁的一個孩子分辯說：「我說他！」但拍拍的還是打上幾棍才了事。錢家很有勢力，雖然他厭惡假洋鬼子，可是對他一點都沒有抵抗的力氣，簡直一敗塗地，便成了生平第二件屈辱。這裡罵了之後辯解說「我說他」，與上文打人失敗之後主張「君子動口不動手」，正是好一對，很巧妙的安排在一章裡邊。著者寫阿Q被哭喪棒所打，以及打後的情形，說的很深刻，這已經超過了滑稽而近於悲痛了。如我們前回說過，以上都沒有實在的人，自然與阿Q這名字的主人阿桂更無關係，著者只是以觀察所得，具體的當作一個人的事情寫了出來，若是守住時地人物的範圍，我們這裡便沒有什麼可說，所以有點近於註解，也正是當然的了。

五〇　勝利三

這一次的勝利，與前兩次不相同，這不是以失敗為勝利的那種精神的勝利，乃是在形式上實質上都是勝利的，即古人所謂「虐無告」，對於弱者的勝利。這勝利的對象是靜修庵的小尼姑。《阿Q正傳》講到現在才說著一件真實的事物，即是這個靜修庵。這庵在通稱南門的植利門外，土名不曉得叫什麼地方，但是隻要提起靜修庵的名字，大家大抵知道，可見這在鄉下是大大的有名的。這也並不是什麼花庵，可以去吃酒打牌的，它的有名大概是因為庵大，或者年代也相當的遠吧。先代祖墳多在南門外，掃墓時節常常路過，望見四野中相當高大的四方的一座圍牆，後邊大概是園，有竹林和大樹露出在牆外。庵的內部我們不知道，因為沒有機會進去過，也有人喜歡遊玩庵堂，其實如不是別有用心的人，誰也沒有進尼庵去遊玩的必要的。可是在一般社會上，庵堂與尼姑多少有一點神祕性，特別對於尼姑，最普通的是一種忌諱，路上遇見尼姑，多要吐口唾沫，有的兩個男人同走，便分開兩旁，把她捓過，可以脫掉晦氣。這樣習慣在讀書人還不能免，閒人們的起鬨，自然更是難怪了。阿Q受了兩次失敗，在酒店門口遇著靜修庵的小尼姑，這給了他出氣的好機會，動手動腳，口說胡話，博得路人的大笑。這回他真得了勝利，遍身覺得輕鬆，飄飄然的似乎要飛去了。

五一　戀愛的悲劇

「戀愛的悲劇」這故事是有所本的，但那也只是故事的中心，前後那些文章都是著者自己的穿插。魯迅常傳述夏穗卿的話道：中國在唐以前女人是奴隸，唐以後則男子全成為奴隸，女人乃是物品了。這話在歷史上或者未必全正確，但譬喻卻是很好，奴隸究竟還算是人，物品則更下一等，西洋中古時代基督教主教會議說女人沒有靈魂，正是同樣情形。在封建道德下，女人本來受著兩重的壓迫，在唐以後道學與佛教同時發達，空氣更是嚴重，於事實的壓迫上更加了理論的輕蔑，這形勢差不多維持了有一千年。著者借了上章阿Q欺侮小尼姑的故事做過渡，引出他對於女人的感想，就在這裡把士大夫的女性觀暴露了一番。他們的意見在表面上是兩個，好的時候是泥美人似的玩物，說得不好是破家亡國的狐狸精，大抵前者多用於詩詞，在做史論時則都是後者的一套論調了。文人讀得書多，可以從妲己褒姒講起，以至西施武后楊貴妃，一直到陳圓圓，說上一大篇，雖然阿Q可能只記得害了董太師的貂蟬而已。魯迅對於這種議論素所憎惡，就在阿

Q的身上寫了出來，一面是輕蔑，一面又是追求，這裡與士大夫正是一致，所以本文中稱許阿Q也是「正人」。又如敘述他的「學說」道：「一個女人在外面走，一定想引誘野男人；一男一女在那裡講話，一定要有勾當了。為懲治他們起見，所以他往往怒目而視，或者大聲說幾句『誅心』話，或者在冷僻處，便從後面擲一塊小石頭。」這表面是說阿Q，可是千百士大夫的面目也在裡面了。當這《正傳》陸續發表的時候，魯迅親見同部的許多老爺們都在猜疑這裡那裡，所說的會不會就是自己，由此可見不但那些士人頗有自知之明，著者諷刺的筆鋒正確的射中了標的，也是很明瞭的了。

五二　舊女性觀

中國從封建道德下所養成的女性觀的確是一個很嚴重的問題，這經過了多少年代，一直流傳下來，不曾遇著什麼抵抗，潛勢力很大。過去出些賢哲，卻只替統治階級張目，結果是宋元以後因了理學反加重了婦女的束縛。直到明季才有一個李卓吾，發了些正論，在他的《初潭集》裡。《詩經》裡說「赫赫宗周，褒姒滅之」。漢朝有人批評趙飛燕說「禍水滅火」，但漢武帝並未亡國，反而立了些有益於後世的武功。由此可見破國敗家的原因別有所在，並不一定在於女人，即使夏朝沒有妹喜，吳國沒有西施也要敗亡的。他又說如周末的天王，寄食東西，與貧乞何殊，一飯不能自給，何從有聲色之娛，但周朝也自完了。卓文君，蔡文姬，武則天這些女人，向來為讀書人所批評嘲罵，他也給她們翻案，說話雖是新奇，現今看來卻正是很公正平穩的。但是李卓吾卻也因此為士大夫所痛恨，終於以「非聖無法」被告發，死於獄中。清朝雖有俞正燮很有理解，可是不大敢怎麼明說，到了五四前後，打倒禮教的口號才叫了出來，也就提出了婦女問題，在魯迅的小說中常有說及，但也還沒法子解決，這正是當然的，因為婦女問題須待共產黨領導中國人民掌握了政權後才能解決。現今《婚姻法》發布，解決已在開始了，同時要緊的事情是去消滅散在民間的舊女性觀，把它連根拔了才好。解釋《正傳》，卻講起道理來，似乎有點可笑，但我相信這也正是題中應有之義，所以這一節終於加上了。

五三　悲劇的主角

「戀愛的悲劇」主角原來是桐少爺。他乃是魯迅的同高祖的叔輩，是衍太太的親侄兒，譜名鳳桐，號桐生，母親早死，父親外出不歸，小時候留養在外婆家，外婆死後歸宗，誠房一派為衍太太所獨占，只好住在門房裡，三日兩餐的過日子。他沒有能力謀生活，又喜喝酒，做小買賣也不能持久，往往連本錢和竹籃都喝了下去，挑水舂米都是幹不來的，可以說是與孔乙己大同小異的一派敗落大家子弟吧。他雖窮但不偷竊，所以沒有像孔乙己的被打壞了腿，就只是這一回捱了打，即是所謂悲劇的結果了。他不會得舂米，不曉得是幫什麼忙，在本家叔輩孝廉公那裡，孝廉公號椒生，以前在南京水師學堂做監督和漢文教習多年，那時已去職回家了，椒生的次子號仲翔是個秀才，長子伯文，沒有進學，眼突出，性復躁暴，綽號「金魚」，常喜和人家打架。有一天桐少爺在他們的竈頭，不知怎的忽然向老媽子跪下道：你給我做了老婆，你給我做了老婆！那老媽子吵了起來，伯文便趕來拿了大竹槓在桐生的脊樑上敲了好幾下。這事件便是這樣的完結了，所謂小說的本事說明瞭只是這一點子，因為事情很滑稽，魯迅記憶著拿來放在這裡，至於後文如吳媽要上吊，以及交給地保辦理，那麼大規模的賠罪，原來並不曾有，乃是著者的小說化，但賠罪的那種習俗卻是實有的。

五四　地保

《正傳》裡所說的趙府上叫阿Q賠罪的那種做法，在鄉下叫做「投地保」。地保大抵等於國民黨反動統治時代的保長，鄉下又稱作總甲，別處或稱地方，在紹興現在雖沒有這個名稱，但有急難時大聲呼救卻仍是叫「地方」，可知那也是古已有之的。在前清末年充當地保的大都是本地的閒人，與衙役本是一類，其品質還要在轎班之下，因為抬轎究竟要些力氣，他們都是遊手好閒，吃上鴉片，差不多是一副癟三神氣了。論理他是主管這一坊的民事的人，但他本是皁隸的一種，所以對於農工商人他很有一點威勢，在士紳面前卻又成為他們的聽差了。士大夫不必說，那些地主豪商，大抵捐有什麼功名，大則候補道，小的也是個縣丞之流，因此算是準士大夫，有同樣的勢力。這些在野的統治階級遇著平民觸犯了他的時候，多是裝腔作勢的叫人拿名片送官，要地方官給他出氣，事情小一點的則投地保，就是把地保叫來，命令他處理某人觸犯的事件。地保的情狀當然是各式各樣，據個人小時候即光緒庚子（一九〇〇年）前後的印象來說，他穿著一件藍布短大褂，上罩黑布背心，比例上似乎特別的長，頭戴瓜皮秋帽，手裡拿著一根二尺多長的煙管，外帶「煙必子」和皮火刀盒。他見老爺們也不行禮，只垂手聽吩咐，出去依照辦理，結果總是由被投地保的賠罪了事，其條件由地保臨時折衷決定。

五五　討饒

平民被投了地保，向闊人家賠罪，在鄉下稱作「討饒」，其最普通的辦法是送去一對蠟燭。這蠟燭或點或不點，也不明白是點給誰的，因為對於活人沒有點蠟燭的習俗。蠟燭有「斤通」，每枝重一斤，可以點一通夜。「半通」重半斤。四兩，二兩點一黃昏，名曰「門宵」，以至矮小僅寸許者，名「三拜蠟燭」，謂拜後即滅。賠罪所用大抵都是「門宵」，只是裝個樣子，本文裡說是「斤通」，乃是小說化，若是事情重大，不在蠟燭加大，卻是另外加上花樣。這即是使用「小清音」一堂。正式的「小清音」要兩張方桌，半張桌上搭起架子，有若干人奏樂演唱，但在討饒的時候只是一個名義，實在並沒有這一套，單叫四五個人走到闊人家廳堂上，亂七八糟的吹打一會兒就算了。賠罪也不一定本人自去，如本文中所說的赤膊磕頭，大概由地保經手辦理，本人對於地保的報酬當然是不可少的，本文說照例二百文，在夜間加倍，可能是在諷刺中國醫生，未必是事實。本文說請道士祓除縊鬼，費用也不大，因為那只是一個人用天竹葉蘸水亂灑，念一通什麼咒而已。總結起來，那一場討饒的花費只在一千文以內。趙府上特別苛刻，需要一斤重的紅燭，香一封，(這本來也是沒有的，) 但蠟燭價格也不過每斤二百文以內吧，所以一總花的也不會很多。這裡都是諷刺，所以有些是與實際不能都相合的。

五六　關於舂米

阿Q在趙府上出事情由於舂米，現在我們關於舂米來稍加說明，因為這在現今怕有些讀者會得不大明白的。在鄉下地主不必說，小資產階級也大抵有些田地，每年收來的田穀至少總夠吃一年而有餘，平常把穀曬乾了，收藏在倉間裡，隨時拿出一部份，去殼舂成白米。街上米店也很不少，把舂白了的米陳列在店堂內，但他們的主顧只是一般小工商人家，照例米店官量米要高聲叫喊，以表示升斗的正確，但是聽他喊道：「一呀一呀，二呀二呀，……」往往戛然而止，因為買的只是當日的口糧，也就是一二升罷了，很少有以斗計的，若是論石那簡直是沒有了。為什麼呢？因為買得起石米的人大概在家裡做米，不到店裡來買了。這種做米方法有兩樣，家中僱有長年或忙月的叫工人自舂，供給食宿，按月日給工錢，沒有僱工的叫短工來做，如阿Q那樣就是。短工按日計酬，譬如長年每月千錢，短工每日百文，比較加了二倍，但是不給飯吃。若是舂米則以臼計，即一臼米舂白薪資若干，一日可舂兩臼，大約合糙米八斗吧？本文中說阿Q在趙家舂米，吃過晚飯，破例准許點上油燈，繼續舂米，這裡寫出趙太爺的苛刻，但那隻適用於對待長期的僱工，短工沒有飯吃，一臼米舂完就可以走，要剝削他除了米量加多，沒有別的辦法，要他多舂也不好，因為米太白了也是損失的事。

五七　龍虎鬥

《正傳》第五章是「生計問題」，這裡分前後兩節，前節是阿Q與小D的龍虎鬥，後節是靜修庵求食。小D乃是小同的略寫，在著者心裡大概是有著一個桐生，但是除了「一個窮小子，又瘦又乏」之外，並沒有什麼別的關係，因為他雖然被文童敲過大竹槓，到門外大路上和別人扭打的事卻是沒有的。龍虎鬥的情形，如本文中所說，甲撲過去，伸手去拔乙的辮子，乙一手護住了自己的辮根，一手也來拔甲的辮子，甲便也將空著的一隻手護住了自己的辮根。這是最乏的小破腳骨（流氓）們普通打架的辦法，他們用一手去攻，一手去守，結果是「四隻手拔著兩顆頭，都彎了腰」，糾結在一處，打也無從打起，不久他們的頭髮裡便都冒煙，額上便都流汗了。在頭頂上長著一根辮髮的時候，打架時第一容易被人拔住的便是這件物事，這如不說明，剪髮的人沒有這經驗是不會了解的。假如一個人特別強，抓住了敵人的辮子，不讓他還手，便拉去牆上碰頭，那就占了勝利，前文說過的阿Q的失敗大抵都是這麼著了道兒的。旁觀的人叫好，這一件事也有所本，卻是出在杭州。那裡有鄉下人勸止吵架，土話應說「好哉好哉」，官話應說「好啦好啦」，他卻莫知適從，只大聲道：「好，好！」聽去好像是在叫好，在鼓勵他們吵下去哩。至於實際上叫好，那些幸災樂禍的人也並不是沒有，但那又是另一回事了。

五八　靜修庵求食

阿Q失了業，因為小D搶了他的飯碗，乃同他打了一架，其次便是求食問題，這目的地即是靜修庵。村外固然多是水田，但沿河種著烏桕樹的一帶地方，也都是旱地，種著菜蔬瓜豆，阿Q卻是正眼也不看，終於走到靜修庵來了。這是什麼緣故呢？靜修庵在前面已經說過，阿Q遇著庵裡的小尼姑，很作弄了一番，得了空前的勝利，根據他虐無告的經驗，尼姑要比老百姓以至閒人好欺侮得多，他的直覺的到庵裡來正不是偶然的。這庵原在南門外，相當的大，四圍都是高牆，論理在餓乏了的阿Q是沒法爬進去的，小說不得不給他方便，把那圍牆改寫得像百草園的泥牆一樣。本文中說庵的粉牆突出在新綠裡，後面的低土牆裡是菜園，阿Q爬上了這矮牆，扯著何首烏藤，但泥土仍然簌簌的掉，終於攀著桑樹枝，才跳到裡面。著者在《朝花夕拾》裡講百草園的泥牆根，那裡有何首烏藤，於是常常去拔它起來，牽連不斷的拔起來，曾因此弄壞了泥牆，卻從來沒有見過有一塊根像人樣。我們比較來看，那兩者的關係是很顯明的。事實上菜園在鄉間只有兩樣，其一是老百姓的種在田地上，全無遮攔，其二是人家的，不用圍牆也是竹籬笆，很不容易侵入。庵堂在鄉村裡，後園只用低矮的泥牆，那是很不謹慎的事，但是這裡只能如此說，因為阿Q如爬不上來，這故事也就沒有得可說了。

五九　園裡的東西

阿Q跳到園裡面，只見靠西牆是竹叢，下面許多筍，還有油菜早經結子，芥菜已將開花，小白菜也很老了。這些都是不能吃的，但他慢慢走近園門去，卻看見有一畦老蘿蔔，非常驚喜，蹲下便拔，雖然被老尼姑看見，又幾乎為黑狗所咬，卻終於偷到三四個蘿蔔逃了回來。我們依據本文，把園裡的那些東西記了下來，現在要來簡略的加以考證。阿Q遇著小尼姑的時候據本文說是春天，大概不久就發生了「戀愛的悲劇」，這之後阿Q就失了業，有許多日沒有人來叫他做短工，雖然他自己記不清有多少日，但推測起來不會得太久，因為挨餓總不能過七天的吧。他決計出門去求食的那天據說很溫和，頗有些夏意，那麼這當是春夏之交，假定是陰曆四月，依照今年氣節，當在立夏與小滿之間。上文說春米的第二天，去賠罪的時候是赤膊磕頭，或者展遲半個月也未始不可。《清嘉錄》卷四云：小滿動三車，謂絲車，油車，田車也。繅絲不干我們的事，油菜結實，取其子至車坊磨油，與本文所說油菜正合。田車即是水車，時值插秧，雨水盈絀都須用水車調節，本文說村外水田滿眼是新秧的嫩綠，說的正好，唯說中間有些黑點是耕田的農夫，在插秧之後有兩三番的耘田，這耕字可能是誤寫的。鄉下種芥菜大概是預備做醃菜乾菜用，新鮮的煮吃也很不多，普通在春天三月中都割來醃了，不會讓他長著開花，因為這結了子只能做芥末，用處不大，是賣不出什麼錢來的。末了的小白菜也有點問題，平常人家的菜園注重實用，絕不輕易耗費物資，若是尼庵尤其如此，一般說孤老脾氣，特別節儉以至慳吝，僧（酒肉和尚自然除外）尼也正屬這一類，所以庵裡種有小白菜卻是老掉了，那大抵是不大會有的事，至於這季節對不對，那我還不知道。不過更大的問題乃是在蘿蔔上邊，在陰曆四五月中鄉下照例是沒有蘿蔔的，雖然園藝發達的地方春夏也有各色的蘿蔔，但那時候在鄉間只有冬天那一種，到了次年長葉抽薹，三月間開花，只好收蘿蔔子留種，根塊由空心而變成沒有了。所以如照事實來講，阿Q在靜修庵不可能偷到蘿蔔，但是那麼也就將使阿Q下不來台，這裡來小說化一下，變出幾個老蘿蔔來，正是不得已的。這裡寫園裡的事物不盡寫實，但在記老尼姑與阿Q的問答，只是寥寥幾句話，卻是很活現。

「阿彌陀佛，阿Q，你怎麼跳進園裡來偷蘿蔔！」

「我什麼時候跳進你的園裡來偷蘿蔔！」

「現在，……這不是？」

「這是你的？你能叫得它答應你麼？」

鄉下無賴的言動這裡活用得恰好，可以說是有「頰上添毫」之妙了。

六〇　中興與末路

第六章「從中興到末路」，在題目上似乎是前後有兩段，其實卻只是一件事情。阿Q偷了幾個老蘿蔔吃不飽肚子，便決心進城去，大概過了三四個月，過了中秋才又回到未莊，忽然很是有名了。第一是他有了錢，腰間掛著一個大搭連，沉填填的將褲帶墜成了很彎的弧線，裡邊都是銅元和銀角子，其次是他有東西出賣：藍綢裙和大紅洋紗衫之類。頭一件的事使得酒店裡的人都對他點頭說話，表示新的敬畏，第二件更引動了趙太爺夫婦的注意，特地叫他去，要定購一件皮背心。這便是阿Q的中興史。阿Q自述在城內是給舉人老爺家裡幫忙，知道城裡人叉「麻醬」，又看過殺革命黨，這些都使得聽的人慚愧怕懼，但重要的還是他顯然在外面發了財，趙太爺也批評說是「那很好的」，這即是說他會偷到了東西。阿Q做賊有了錢，酒店的人都對他刮目相待，趙太爺因為想買他的便宜貨，所以也不再疏遠他了，至於會不會來偷他的呢，根據「老鷹不吃窩下食」的原則，那倒是可以不必擔心的。但是不久阿Q的底細都明白了，他的名譽信用完全掃地，因為他不過是一個小腳色，不能上牆也不能進洞，只站在外面接東西，有一夜剛接到一個包，聽得裡邊大嚷起來，他便逃走回村，從此不敢再做了。原來是這麼一個不中用的乏人，不敢再偷的偷兒麼，大家就看他不起，他的中興也便轉入了末路了。

六一　捐客

《正傳》借用了阿桂的名字，到這裡才有一點本人的實事出來，因為他確實是做過小偷的。阿桂雖說是打短工為生，實在還是遊手好閒，便用種種方法弄點錢用，其一是做捐客。在民初的一個夏天，看見他在門口走過，兩手捧著一隻母雞，大聲叫道，誰要買？有人問他，阿桂你這雞那裡抓來的？他微笑不答。恐怕這雞倒不一定是偷來的，有些破落的大戶人家臨時要用錢，隨手拿起東西託人去賣，得了幾角小洋，便從中拿一角給做酬勞，這是常有的事。還有一回我看見他拿了一個銅火鍋叫賣，火鍋在鄉下叫做暖鍋，從前大都是用錫做的，寬大厚實，後來有紫銅所做的一種，（本來錫火鍋中心放炭火的部份也是用紫銅的，）比較輕便，可是價錢也要便宜得多了。此外當然還賣別的各色東西，雖然我未曾親見，但是聽人說這什麼是問阿桂買來的，也是常有的事。本文中說阿Q賣出綢裙和洋紗衫，這些都是可能的，只是藍裙很少見，大紅洋紗衫更沒有人穿，也不值錢，這裡那麼說大概是出於故意的。搭連是舊式的錢袋，大形的名被囊，長方袋四周密縫，只在一面正中開口，被縟平褶放下，便於裝置馬上，當時古代北方旅行之具，中形的名錢搭，長二尺許，正與一貫錢的長度相當，雖然也可安放米穀什物，小形的即搭連，長不及一尺，掛腰帶或褲帶上，但一般老百姓只用一種帶有錢兜的闊的馬帶，搭連可能還是城裡人的物品吧。

六二　小偷

阿桂做掮客的時候，和我也有過幾回交易，所以我是可以算是和他有點相識的。他聽說我要買有字的磚頭，找了幾塊來賣，前後計有四次，其中有很名貴的一塊，乃是永和十年的磚，即是蘭亭修禊的次年，三面有字，共十九字，頂有雙魚，兩面各平列八魚形，所以六面都是文字圖像。後來這磚送給了俞階青，他有拓本題記云：「永和專見到錄者二十有四，十年甲寅作者，有汝氏及泉文專，而長一尺一寸，且遍刻魚文者，唯此一專，彌可珍矣。」推究起來這要算是阿桂的功績，不可不予以表揚，就是可惜大概因為沒有多大油水的緣故，後來不再拿來了。他在掮客之外，其次是兼做小偷。阿桂有一個胞兄，名叫阿有，住在我們一族的大門內西邊的大書房裡，專門給人舂米，勤苦度日，人很誠實，大家多喜歡用他，主婦們也不叫他阿有，卻呼為有老官，以表示客氣之意。阿桂窮極無聊，常去找他老兄借錢，有一回老兄不肯再給，他央求著說，這幾天實在運氣不好，偷不著東西，務必請給一點，得手時即可奉還。他哥哥喝道，這叫做什麼話，你如不快走，我就要大聲告訴人家了。他這才急忙逃去，這件事卻傳揚出來，地方上都知道他是做這一行勾當的了。話雖如此，他似乎不曾被破獲過，吊了來打，或是送官，戴大枷，可見他的賊運一定很好，但也可能他的自白不很可靠，他原本是乏人，幹不來這種事情，只是對他老兄胡扯也未可知，但究竟事實如何，那自然是無可查考了。

六三　阿Q的革命

《正傳》第七章以下三章所說是一個段落，雖然這以趙太爺家被搶為中心，也可以分作兩段。第一段是七章的「革命」與八章的「不准革命」。這有點與上文的中興和末路相像。是他最後一次的大勝利與大失敗。這裡說的是辛亥革命那年的事情，在七章開首便標明宣統三年九月十四日，舉人老爺送箱子來趙家寄存，把革命訊息帶給了未莊，使得阿Q興奮起來，在街上發出造反的口號，嚇得全村的人十分驚惶。他的警句是：「我要什麼就是什麼，我歡喜誰就是誰。」買了他搭連的趙白眼想探他的口氣，問道「阿……Q哥，像我們這樣窮朋友是不要緊的」吧？阿Q回答道：「窮朋友？你總比我有錢。」這一個場面乃是實有的，確實是阿桂自己的事。那時杭州已經反正，縣城的文武官員都已逃走了，城防空虛，人心皇皇，阿桂在街上掉臂走著嚷道：我們的時候來了，到了明天，我們錢也有了，老婆也有了。有破落的大家子弟（著者的族叔子衡）對他說，像我們這樣人家可以不要怕。阿桂對答得好，你們總比我有。有即是說有油水，不一定嚴格的說錢。在那一天的夜裡，嵊縣的王金發由省城率隊到來，自己立起了軍政分府，阿Q一覺醒來，已經失掉了他的機會，他的成功便只是上邊所說的那一個時期，這之後他想革命只有靜修庵一路，但是那裡也已經秀才與洋鬼子去革過了，這豈不是顯明的到了末路了麼？

六四　逃難

魯迅在鄉下（實際是個縣城，以前還是舊府城），親自遇見辛亥革命，本來很有些材料可寫，但《正傳》裡的未莊只是一個鄉村，所以只能說的很簡略了。當時的文武地方官，知縣與把總都已溜走了，人心恐慌，都想逃難，只有少數學堂裡的師生雖然不是革命黨，卻歡迎革命，苦心維持秩序，魯迅便在中學堂動員若干積極的學生，穿上操衣，抗了兵操的空槍，到街道上去巡行，得到不小的效果。這行動是有點危險性的，假如真是發生什麼事情，這空槍是毫無用處，可是當時也就對付過去了。魯迅在那一年所寫的文言小說《懷舊》中留下有好些描寫，如富翁金耀宗說來的是長毛，塾師禿先生則以為是山賊或赤巾黨，這與阿Q的想像，來了一陣白盔白甲的革命黨，（穿著崇禎皇帝的素，）都拿著板刀，鋼鞭，炸彈，洋炮，三尖兩刃刀，鉤鐮槍，是沒有多少距離的。《懷舊》中又云：「予窺道上，人多於蟻陣，而人人悉函懼意，惘然而行，手多有挾持，或徒其手。……中多何墟人，來奔蕪市，而蕪市居民則爭走何墟。……至金氏問訊，云僕猶弗歸，獨見眾如夫人方檢脂粉薌澤紈扇羅衣之屬，納行篋中，此富家姨太太似視逃難亦如春遊，不可廢口紅眉黛者。」這一節話亦有所本，是很好的數據，但在《正傳》中用不著，所以不曾說及，但比較來看也是很有意思的事，如要補敘舉人老爺家收拾箱子來寄存，那麼情形多少就是如此吧。

六五　不准革命

阿Q在靜修庵革命失敗，（阿桂本人說過那兩節話之後，別無什麼舉動，所以《正傳》裡的事就都與他無關了，）原因是趙秀才與錢假洋鬼子先下了手，這裡顯示出來他們三人原是一夥兒，不過計劃與手段有遲早巧拙之分罷了。《正傳》裡寫士大夫階級雖不多費筆墨，卻可以看出這對於革命有保守與進取兩派，也可以說甲是世故派，乙是投機派。舉人老爺與錢太爺不曾露面，趙太爺的態度可以對阿Q的話為證，他反對秀才驅逐阿Q的主張，以為怕要結怨，這與《懷舊》裡的禿先生正是一樣，即是「此種亂人運必弗長，試搜盡《綱鑒易知錄》豈見有成者，……特亦間不無成功者，飯之亦可也。」魯迅的本家孝廉公任學堂監督（後來稱舍監），警告學生「從龍」很有危險，說法不同，卻是從同一意見發出來的。金耀宗聽說「長毛」到來，準備在張睢陽廟備飯，希望出示安民，這是舊的投機派，新的便要更有計劃了，第一步是靜修庵，第二步則是「柿油黨」，有了這銀桃子的黨章掛在胸前，在鄉間就成了土皇帝，什麼人都看不在眼裡，何況是阿Q呢。阿

Q想要投效，前去拜訪假洋鬼子，遇著正講催促「洪哥」（黎元洪）動手的故事，看見阿Q便吆喝滾出去，阿Q從哭喪棒底下逃了出來，不曾被打，但假洋鬼子既然不許可他革命，他的前途便完全沒有，他的行狀也自然近了結束了。

六六　新貴

第八章開頭便說：「未莊的人心日見其安靜了，據傳來的訊息，知道革命黨雖然進了城，倒還沒有什麼大異樣。」這裡簡單的一句話裡便包括了辛亥革命後社會上「換湯不換藥」的混沌情形，雖然王金發做了軍政分府都督，總攬民政軍事之權，本文中說知縣和把總還是原官，並不是事實，但是舉人老爺也做了什麼官的話卻是真的，因為當時投機派搖身一變做了新貴的的確不少。有些與革命運動有關的人，如陶煥卿是安放不下，不久在上海為蔣介石所親手暗殺，魯迅與范愛農總算請到師範學堂去坐了兩個月，也各散去了，一群舊人都擁擠上了台，與清朝不同的便只是少了一根辮子。范愛農在壬子三月二十七日給魯迅的信裡有云：「羅揚伯居然做第一科課長，足見實至名歸，學養優美。朱幼溪亦得列入學務科員，何莫非志趣過人，後來居上，羨煞羨煞。」同年七月，愛農溺死，魯迅作《哀范君》詩三章，其一之次聯云：「華顛萎寥落，白眼看雞蟲。」這裡的雞蟲是雙關的，一面說雞蟲之爭，一面也是指人，因為有人用這個別號，本名乃是何幾仲。

魯迅附信中云：「昨忽成詩三章，隨手寫之，而忽將雞蟲做入，真是奇絕妙絕。」這幾個人都是愛農所看不起，而忽然爬了上去，又很排擠他的，其中何幾仲又是自由黨的主持人，銀桃子的徽章一時曾經很出風頭，但是一會兒也都不見，如不是本文中提起，我也有點記不起來了。

六七　黃傘格

第八章裡說趙秀才寫了一封「黃傘格」的信，託假洋鬼子帶上城，送給那舉人老爺。有些人不知道這信是怎麼寫的，曾經問過我，我雖然看見過這樣的信，但是手頭沒有樣本一時有點說不大清楚。這是一種專門拍馬屁的書啟，在八行書上每行上邊都抬頭，下邊空著不到底，第四五行寫受信人的大號，特別抬高一格，望過去像是一頂黃傘，這黃傘是大官出來時所用的，所以兼有頌禱升官的意思。這種黃傘在辛亥革命後是不見了，乃是用竹作傘骨，撐開後臨時將傘頂套上去，周圍垂下一圈，有二尺多長，在古時候，大概是同掌扇一樣是遮太陽用的。黃傘格的信在尺牘書上當然可以找到好例子，記得有一部名叫「胭脂牡丹尺牘」的，是秋水軒的前輩韓鄂不所編，似最適宜，可惜現在手邊沒有這書，只好找別的材料。有范嘯風的一冊《代作書啟稿》，中間一篇賀楚軍統領江味齋中秋節的信，將前八行抄在下面，款式一切照舊，剛寫滿一張信紙，下文從略。其文曰：

敬稟者，竊某某前賀
捷禧沕馳忱於手版，旋蒙
復示，感
優寵而心銘。際茲蟾窟揚輝，倍切蠡湖溯水。恭維大人望崇驃騎，
令肅貔貅。
飲馬東流，
長驅而氣吞江月。（下聯是臥彪南紀，廣駕而疾掃秋風，也作兩行寫在第二張上。）

據庸俗的說法，上頭抬寫合格，還只是略式，道地的格式是下邊要有一行特別長，約略在中央，彷佛是傘柄，黃傘格這才名副其實，上文可以說是合於這個標準的了。這種信的時代是過去了，《正傳》中提了一下，須得費幾百字的說明，但是它的勢力不能說全已消滅，現代白話裡仍有恭維這一句話，這就出現在「黃傘柄」上，是俗語的來源，這件小事說起來也是很有意思的。

六八　剪辮與盤辮

《正傳》裡所寫的人物，除了靜修庵的尼姑，管土穀祠的老頭子，三兩個沒有什麼表現的之外，大都是魯迅所謂呆而且壞的人，但其中又有個區別，大多數都是舊式的，新式的壞人只有一個，這即是錢假洋鬼子，卻是特別的討人厭。著者大概在這裡要罄吐一下對於這一種人的反感，雖然也未能詳說，但主意總是表白出來了。照道理講，這應該是速成學生，頭上頂著「富士山」的，不會得去混過幾個月，卻把辮子剪了，以致做不成大官，如他的母親所說。不過若是「富士山」，那麼回鄉之後，便又可將辮子拖了下來，不可能成為假洋鬼子，這一面可以免於阿Q等人的笑罵，但是一面也就沒有權威，後來不容易有掛銀桃子的機會了。著者說他當初剪了辮，後來留起的一尺多長的頭髮披在背上，像是一個劉海仙，這是一種補充的說法，也彷彿可以看出他當初辮子並不是那麼爽快的剪掉的。辛亥革命很不徹底，有人說只是去掉了一條辮子，但在未莊卻覺得這正是可怕的事，官場沒有什麼異樣是很好的，可怕的是有些不好的革命黨搗亂，動手剪辮，航船七斤進城去，便著了道兒，弄得不像人樣子了。這是第八章裡的話，第九章又說到趙秀才上城去報官，辮子被剪，這就成為他家漸漸發生了遺老的氣味的根源。阿Q與王胡小同一樣，都只肯用竹筷把辮子盤起，他也就是那樣的被抓到城裡去了。

六九　民團捕盜

趙家遭搶之後，阿Q被抓到城裡去，經過一兩次審問，便抓出去槍斃了，這就是第九章的「大團圓」，《正傳》即此完結了。這裡抓進城去是第一段，本文說是在出事的四天之後，黑夜裡把總帶領了一隊兵，一隊團丁，一隊警察，五個偵探，圍住土穀祠，對著廟門架了機關槍，又懸了二十千的賞，由兩個團丁翻牆進去，裡應外合的這才把阿Q擒住。這一節的描寫顯然是誇張的，因為要寫得很滑稽，所以與事實有好些是不相合的。把總假如做了城裡的軍事首長，他不可能率隊下鄉，至於事實則是王金發自任軍政分府都督，那時民團新辦，總局設在豫倉，由徐叔蓀擔任局長。團丁照例都是無業遊民，好一點的坐在分段的局裡，大抵是個小廟，夜裡吹著號角巡行一周，不好的就難免要魚肉鄉民了。局長是徐伯蓀的三弟，因了這資格得到那地位，可是名聲不大好，很有點官僚土豪氣，大家叫他三大人，有一回槍斃一個強盜，已經中槍死了，局長騎著大馬在監視，還上去在他身上打一手槍，這一件事便得了很壞的批評。但是從這裡推想起來，捉辦強盜當是民團的職務，兵和警察都是無關的，城裡雖然辦有警察，但只是城中心一圈，別處也還沒有，即如城東南區只是大坊口有派出所，往南經馬梧橋（有民團）塔子橋以至東昌坊口，便沒有巡警，他的職務仍舊由地保代行，直到民國六七年也還是如此。

七〇　審問

阿Q的審問是第二段，第三段則是遊街示眾。審問的情形全是想像的，但是有一點也有事實的依據。光復後表示民主平等，問案時被告直立回答，無須跪下，但實際官紳的威勢還是很大，老百姓一被抓進衙門，便嚇得不得了，想站也站不住，兩只膝頭兀自發抖，問官叫他扶住桌子，連那公案桌也自搖動得快要推倒，結果讓他蹲了下去，著者寫阿Q的跪下，便是利用這數據，也並不是由於阿Q的非跪不可。那個滿頭剃得精光像是和尚的老頭子，本文中大抵是說那留用的知縣大老爺，但事實上當是軍政分府裡管民政的首長，大概叫做民政長吧。據把總在和舉人老爺抬槓的時候說，做革命黨不到二十天，可以知道是在光復不久的時候，軍民分治，設立知事，一直還在以後，初任知事是俞景朗，這之前的民政長大概也就是他，不過這位俞君魯迅不曾見過，所描寫的不會得是他，而且說老頭子也不對，因為那時總還不到中年吧。阿Q在口供上畫押，畫圓圈不圓，慚愧得要命，雖是滑稽的穿插，卻也很與事實相合，因為這的確不是容易事。他生長在專制統治下，什麼都不大著急，以為人生天地之間，大約本來有時要抓進抓出，要在紙上畫圓圈的，甚至本來有時也未免要殺頭，要遊街示眾的，唯有畫圈而不圓，乃是大可懊惱的事，這裡「反語」真是深刻得摳進肉裡去了。

七一　遊街示眾

魯迅的文章上看不到有反對死刑的話，但是他猛烈的反對遊街示眾，那是很明顯的。《吶喊》的自序中云：「有一回，我竟在畫片上忽然會見我久違的許多中國人了，一個綁在中間，許多站在左右，一樣是強壯的體格，而顯出麻木的神情。據解說，則綁著的是（在日俄戰爭中）替俄國做了軍事上的偵探，正要被日軍砍下頭顱來示眾，而圍著的便是來賞鑒這示眾的盛舉的人們。」本文中敘述阿Q臨時無師自通的說了一句應景的豪傑話，觀眾便叫聲好，發出豺狼的嗥叫一般的聲音來。阿Q再看喝采的人們，發見了從來沒有見過的可怕的眼睛，比四年前在山腳下遇著的想要吃他的肉，永是不遠不近的跟定他的一隻餓狼的眼睛更為可怕，這些眼睛「又鈍又鋒利，不但已經咀嚼了他的話，並且還要咀嚼他皮肉以外的東西，永是不遠不近的跟他走。這些眼睛們似乎連成一氣，已經在那裡咬他的靈魂」。我們怕阿Q未必感覺到這樣，但著者沒有別的方法表示，這裡只得再用《狂人日記》的手法來寫，使得阿Q想要叫「救命」，雖然沒有說出來。結末更說觀眾的輿論不佳，因為槍斃不怎麼好看，而且阿Q遊了那末久的街，竟沒有唱一句戲，他們白跟一趟了。這是十分氣憤的也是悲哀的話，「做毫無意義的示眾的材料和看客」，在他看來正是一樣的可悲的事情。

七二　刑場

《正傳》裡沒有說明未莊是什麼地方，但第八章說起鄰村航船七斤，那麼這如不是魯鎮，也總是同一區域，那城裡原只是一個，自然也沒有問題的了。清末廢府並縣，紹興縣署便設在舊會稽縣衙門內，阿Q被抓進抓出的應該就是此地，地名似乎便叫做會稽縣前，因為西首通往大街的橋名叫縣西橋，東首的街叫縣東門的。前清時刑場原有兩處，斬在軒亭口，過縣西橋往南只一箭之路；絞在小教場，過縣西橋往北，至望江樓西折便是。從前有過一個姦拐殺人的案件，凶手阿化定了死罪，當時自然沒有什麼宣判，到執行的時候阿化倒也泰然，以為反正是絞吧，及至過橋走的不是往小教場的路，卻一直往南走，心知不好，叫道，到那地方去麼！便賴地不肯走，結果，由那些短衫和長衫的人物帶拖帶抬的把他弄到那裡去辦掉了。阿Q胡裡胡塗的弄不清路徑是無怪的，但事實上辛亥以後改用槍斃，地點改在大教場，靠近偏門城牆的一角，從縣署出來是該走過軒亭口，由府橫街轉入府直街，一直往南到五馬坊口，這一條路的確也不很近。可是那時在鄉下並沒有遊街的盛典，實際上也缺少遊具，省城裡秋審時用囚籠抬著走，平時也不見使用，《正傳》本不固定什麼地方，大抵便牽就北方的情形來說，如阿Q坐的沒有篷的車，即是顯然的例，又如本文中說阿Q看到店內的饅頭，問管祠的老頭子要餅來吃，也是同一的例子。

七三　方玄綽

《端午節》這篇小說是一九二二年六月所作，已在《正傳》完成之半年後了。這是小說，卻頗多有自敘的成分，即是情節可能都是小說化，但有許多意思是他自己的。我們先看主角的姓名，名字沒有什麼意義，姓則大概有所根據的。民六以後，劉半農因響應文學革命，被招到北京大學來教書，那時他所往來的大抵就是與《新青年》有關係的這些人，他也常到紹興縣館裡來。他住在東城，自然和沈尹默，錢玄同，馬幼漁諸人見面的機會很多，便時常對他們說起什麼時候來會館看見豫才，或是聽見他說什麼話。他們就挖苦他說是像《儒林外史》裡那成老爹，老是說那一天到方家去會到方老五，後來因此一轉便把方老五當作魯迅的別名，一個時期裡在那幾位口頭筆下(信札)，這個名稱是用得頗多的。三十多年的光陰過去了，記憶也漸就湮滅，只在這裡留下一點痕跡，但如不說明，這也就無從考究它的緣起了。有些筆名以及小說中的人地名，在著者當時自有用意，即使是沒有意義其實也是用意之一，但如沒有可信的典據，由後人來索隱，那就容易歪曲，更不必說故意亂說的了。本文中說金永生的勢利吝嗇，可能實有其人，只是我們無從去揣測，而且這本來不關緊要，著者並不要特別去暴露這個人的醜惡，我們如去過於穿鑿，反不免是多事了。

七四　官兼教員

方玄綽是做教員兼做官的，這一點也是著者的自敘，因為在那時候這樣的人的確很不多，雖然在法科方面是多得很，但那又是別一類，他們在學校和在衙門裡一樣，所以說起來仍是做官，嚴格的說是兼官罷了。本文裡說方玄綽在首善學校教書，那當然即是北京大學，所講的是中國小說史，裡邊說到「古今人不相遠」，正是很自然的事，小說中云：「散坐在講堂裡的二十多個聽講者，有的悵然了，」「有的勃然了，」「有幾個卻對他微笑了」。事實上他的講堂是很擁擠的，並不單因為他的文名，或是他的口才，實在他的官話在北方人聽去是頗不好懂的，原因是他的講義編得好，尤其是解說得有趣味，根據了他的歷史和社會上的見聞，舉例發揮起來，實在足使聽眾悵然以至莞然，雖然其原因並不一定如本文中所說。這小說是講北洋政府時北京學校機關欠薪的事情，那時學校先欠，職教員發生索薪，兼職的講師每星期兩小時只有薪水四十元，除北大以外又多隻以十個月計算，因此多數講師不熱心參加，以官兼講師的自然也就屬於這一類裡了。後來政府機關也欠了薪，他們也弄不下去了，可是又不能像教員們的鬧索薪，情形很是困難，一時有「災官」之稱，這事大概拖到張作霖做大元帥，前帳一筆鉤銷，這才算是完結，至於一個人積欠的官俸薪水共有若干，那就無可計算了。

七五　欠薪

北京學校的欠薪不知道從哪一年起的，我於民國六年（一九一七）到北京便已如此，日記上記四月十六日到校，六月五日收到四月下半月薪，中九交一，以後便是遲兩個月，到了一九二〇年，十一月十七日收到七月分薪，已是四個月了。一九二六年已是北洋政府末期，日記上一月廿六日收一個月分，下注年月不明，至六月十五日收三月的半月分，才註明是十四年分，中間分三次收一個月二成二，至十一月十二日收四五月分合計一個月分另五釐，即是五月分已收了七成七，那末已積欠到一年有半了。這筆帳說來很煩瑣，而且細帳也實在難說得清楚，這裡只舉示一個大概情形，此外應當略為解釋的便是那「中九交一」的這句話。袁世凱妄想做皇帝，籌備洪憲大典，結果帝制雖是打倒，浪費的錢無法補償，只好將北京的中國交通兩銀行的鈔票停止兌現，在官方還是當現金一樣通用，官俸薪水便都用的是這兩樣票子，雖然有「北京」字樣以外的中交票都是兌現的，但官與教員是得不到手罷了。本文中方玄綽回想以前，每逢節根或年關的前一天，一定須在夜裡的十二點鐘才回家，從懷中掏出一疊簇新的中交票來，這說的正是事實，其特別點出中交票也是有意義的。中交票都不兌現，使用時大抵只能當六折多，但中國與交通的行市也不一樣，多少有幾分錢的上落，那時常說「中九交一」或「中六交四」，便是為此，即此也可以看出交通的價格是較好了。

七六　索薪

索薪的歷史也有點說不清了，但這發端於北京的專門以上各校的職教員，是沒有問題的。那時在北京有北京大學，高師，女高師，（改稱師大，女師大，以至合併，都是後來的事，）工，農，醫，法政，藝術各專校，平時素無聯絡，為了索薪這才組織了「八校教聯會」，以外還有清華和俄文，法政，因為是外交部給錢，不歸教育部管轄，所以不加在裡邊。會裡舉出代表，專問政府索薪，最初是找教育部，推說沒錢，去找財政部，自然更多推託，更進一步便只得去問內閣總理和大總統了。本文中說：「淒風冷雨這一天，教員們因為向政府去索欠薪，在新華門前爛泥裡被國軍打得頭破血出」，這是一個有名的事件，出在民國十年六月三日，地點是大總統府的中南海前門，只可惜那東西馬路上的鐵門現在沒有了。代表受傷的有馬夷初和沈士遠，錢玄同曾到首善病院去慰問，看見他們頭包白布躺在那裡，所以是的確的，別的人大概也有，但已記不得了，其未受傷的代表中只知道有一位黃君，喜說大話，同人們便稱他諢名為「中交票」。其時大總統是徐世昌，他於次日下命令切責教員，說他們在新華門外是自己碰傷的，雖然後來到底在形式上由警察道歉了事，但那番說話是儘夠可惡的了。我正在西山養病，寫了一篇小文題云「碰傷」，在六月十日的《晨報》上發表，說起來已經是三十年以前的事情了。

七七　年月考證

《端午節》的著作年月註明白是一九二二年六月。查那年的舊日記，一月十二日收到十一月分，因為廿七日是陰曆除夕，所以在三十一日發了十二月分的七成，二月十七日又補足了那三成，至四月四日才收到一月分薪，五月不發，這裡在四個月中間又多欠了一個月分了。五月三十一日是陰曆端午，在六月三日收到了二月分薪，照這一節看來，本文裡說節前領到支票，要等銀行休息三天之後，在初八上午才能領到錢的話，與事實是相合的，因為那年六月三日正是陰曆的初八。政府說要教員上了課才給錢，學生總會上呈文給政府，說教員不上課不要付欠薪，在當初大概都實有其事，至於說「教員一手挾書包一手要錢不高尚」的一個大教育家，那大抵是汪懋祖吧，他後來在女師大事件的時候也是站在政府一邊，與東吉祥派的「正人君子」是一鼻孔出氣的。後文說到贊成教員和同僚的索薪，卻不去參加，因為怕去見那手握經濟之權的人物，他們總是一副閻王臉，將別人都當奴才看，雖然「待到失了權勢之後，捧著一本《大乘起信論》講佛學的時候，固然也很是『藹然可親』的了」。這裡所說也實有其人，即是陳公俠的老兄陳公猛，他清末在財政界很得意一個時候，不知為了什麼逃到東京，魯迅看見他穿著和服白襪，手捏一冊《菜根譚》，很有出世的姿態，但不久事解，他自然隨即回到北京的政界裡來了。此外還有些零碎事情，如末後說到上海書鋪子的賣稿，他們買稿要一個一個的算字，空格不算數，這原是實在情形。他有過一回經驗，收到退回的譯稿，看見末頁記著若干萬千百十幾字，計算的人還有署名，固然這還是清末的事，現在可能也還有吧。其次是報館寄稿，在很大的報館裡靠著一個學生做編輯的大情面，一千字也就是這幾個錢，這所說的自然也就是那時的北京《晨報》。一千字幾個錢沒有明說，但是多少年來譯文時價只有二元一千字，報館平常給五角錢已不算少，但在寫《阿Q正傳》時大概所給有一元吧，但這別無什麼依據，只是推測罷了。

七八　縣考

《白光》是一篇真是講狂人的小說，這與《狂人日記》不同，在它裡邊並沒有反對禮教吃人的意義，只是實實在在的想寫陳士成這個狂人的一件事情而已。這人本名周子京，是魯迅的本家叔祖輩，房分不遠，是魯迅的曾祖苓年公的兄弟的兒子。苓年公大排行第九，他這兄弟行十二，所以後來稱為十二老太爺，名字記不得了，原是個秀才，是曲池梁家梁狀元的孫婿，太平天國時在富盛山中被殺，清朝追贈雲騎尉世襲罔替。在新台門的大廳貼著一張報條，便是報周福疇的襲職的，可是旁邊還有同樣的一條，說依照他的請求，准其改為生員，一體鄉試。這辦法已經有點特別了，可是他鄉試又不去，每年仍去應府縣考，似乎想要憑了他自己的力量，再去考取一個秀才來。他的文章卻實在不好懂，不客氣的說是不通，我曾於故紙堆中見到一篇窗稿，「一家讓」的八股文起講中有云，讓而至於佳子弟，則家聲之蟄蟄也，讓而至於弈世載德，則家聲之振振也。又賦得「十月先開嶺上梅」詩起句云：梅開泥欲死，意思很是神祕。小說本文便從這裡說起，看縣考的榜上沒有他的名字，開始發動了神經病。文中說「十二張的圓圖」，這是根據那時科舉的成規來的，發榜為得便於計算名次起見，每五十名寫作一圖，頭一名的姓提高大書，以次自右至左寫去，第五十名便和第一名並排在他的左邊了，假如有十二圖，那麼第五百五十一名的姓名也是照樣放大，這為看得清楚起見，倒是很好的辦法。戊戌年魯迅已往南京進學堂，十月中曾回家一趟，十一月初六日縣考，本家叔輩拉他一同去，初八日四弟病殤，便不赴複試，十二日回校去了。廿九日出大案，日記上說共十一圖，案首是馬福田，即後來的馬一浮，魯迅列三圖三四，族叔伯文四圖十九，仲翔頭圖廿四。照例只要詩文敷衍成篇，即使不曾招復或不去，大案上總列有姓名，可以往赴府院試的，若是大案無名，那必須文理特別荒唐才能如此。據說有一年他赴考試，被試官特別批示不准再參加，不知道這是哪一年的事，他大概也並不管，還是每次必去觀場的。

七九　掘藏

子京小名叫阿明，侄孫輩都稱他作明爺爺，人很忠厚似的，可是這在鄉下也就叫做「魘」了。他在同一院子裡住，明堂對過偏西朝南有兩扇藍門，裡邊一間大房，樓上經亂窗戶均毀，只剩底下可用，朝東有一個風窗，外邊小天井里長著一棵橘子樹，窗下放了書桌，魯迅有一時期曾在那裡讀過書。十二老太太尚健在，一直在她的女兒家住，子京的妻早死，兩個兒子大了，不知道為了什麼逃亡在外，但逢母親忌日，常來與祭，祭畢，父親說吃了飯去，兒子說不吃了，客客氣氣作別而去。小說裡所說的大概是光緒辛卯（一八九一年）的事情吧，那時藍門內住著的只有主人和一個倒醉的老僕婦，忽一日午後，她照例醉著進屋來，坐在馬桶上東倒西歪的，忽說道，眼前一道白光。主人立即遣散學生，叫了石匠宋挖起床前的石板，連夜親自動手發掘，確信白光起處藏有銀子，這個信念也有所本，戲文開場時必演一出「掘藏」，先放一陣焰頭，隨即用方天畫戟來掘，掘出金銀元寶來了。此外則新台門裡有一種傳說，說有一種窖藏，傳有兩句口訣云：「離井一纖，離簷一線，」本文中改為「左彎右彎」等三句，在本宅中的確有井兩口，卻也從來沒有人認真研究過，雖然如諺語所云「少年去遊蕩，中年想掘藏，老來做和尚」，似乎掘藏之舉在敗落人家的子弟原是很常有的。但這在新台門裡只有子京試過，試了不止一二次，可是終於沒有成功。

八〇　發狂

子京的一生大事可以說只有教書，掘藏以及發狂。這三件事孰先孰後，有點說不清楚，大概是綜錯互動著發生，譬如教著書忽然發狂，兩三天后好了又教起書來，隨後並未發狂，卻動手掘藏了，即如我們看見他掘的那一次，便是神識清楚的，與小說所講的並不一樣。那時的結果是，石板下掘到相當深度，約有二三尺吧，發見大石頭，用手去摸時是整方的一角，疑心是石槨，心慌了趕快爬上來，不意閃壞了腰，有好幾天躺著起不來。本文中的下巴骨，在他掘出來拿在手裡時會得動，會笑和說話，即是小說化的手段，促成那陰慘的結局，本來是並沒有的。子京的死在光緒丙申（一八九六）年，雖然原因也是發狂，前後卻是相距五年了。他的發狂有過多次，大抵是在半夜裡首先自責，厲聲說不肖子孫，隨後自己打嘴巴，用前額在牆上碰，旁人無法勸阻，也不知道為的是什麼事，只好任其自然，後來他也就好了起來。末了一次，在塔子橋的惜字禪院坐廟頭館的時候，又發了狂，最初照例掌頰碰頭，再用剪刀戳傷氣管及前胸，又把稻草灑洋油點火，自己伏在上面，口稱好爽快，末後從橋上投入河內，大叫道「老牛落水了！」鄰人當初見他氣勢凶猛，不敢近前，這時才從水裡把他搭救上來，送回家裡，一句都不說苦痛，過了兩天才死，關於他的事情，有些記在「百草園」裡，現在就不多說了。

八一　兔和貓

關於《兔和貓》這一篇，沒有什麼要說的。這裡只有貓的事情，我想可以來說幾句。在「補樹書屋舊事」第七節裡，我曾說過這一段話：「那麼舊的屋裡該有老鼠，卻也並不見，倒是不知道誰家的貓常來屋上騷擾，往往叫人整半夜睡不著覺。查一九一八年舊日記，裡邊便有三四處，記著夜為貓所擾，不能安睡。不知道《魯迅日記》上有無記載，事實上在那時候大抵是大怒而起，拿著一枝竹竿，我搬了茶几，到後簷下放好，他便上去，用竹竿痛打，把他們打散，但也不能長治久安，往往過一會兒又回來了。」本文末了說黑貓害了小兔，非把他除掉不可，說到他以前與貓為敵的事情：「我曾經害過貓，平時也常打貓，尤其是在他們配合的時候。但我之所以打的原因並非因為他們配合，是因為他們嚷，嚷到使我睡不著，我以為配合是不必這樣大嚷而特嚷的。」以上是具體的話，就是離開事實來說，貓這東西當作家畜，我也是一點都不喜歡。家畜中供使用的總比較聰明，有如馬，牛和狗，與人相習，就懂得一點人的意思，唯獨貓不是這樣，它的野獸性質永遠存在，對人常有搏噬的傾向，雖然一面特別又有媚態，更可厭惡。我只認它為捉老鼠用的小獸，在不得已的狀況下，根據《墨子》「害之中取小」的規則，才留養著它的，至於兔和小鳥以及別的動物，我也都不主張畜養，因為是不必要的。

八二　愛羅先珂

《鴨的喜劇》是寫俄國盲詩人愛羅先珂的。愛羅先珂名華西利，是烏克蘭人，四歲時因出疹子失明，學過音樂，後來到緬甸日本漫遊，能說英語，日本語和世界語，曾用日文寫過些童話小說，經魯迅譯為中文。大概在一九二一年的冬天，他被日本政府驅逐出國，來到上海，第二年春天應北京大學之招，擔任教世界語，於二月二十四日到北京來。七月三日出發，經過蘇聯至芬蘭首都，赴第十四次萬國世界語大會，至十一月四日才又回來。本文作於一九二二年十月，正是他預定的期日已過，大家疑心他不再來了的時候，所以有點給他作紀念的意思的。但是在文章未曾印出之先，卻又獨自飄然的回京了。一九二三年一月二十九日，他利用寒假往上海杭州去旅行，至二月二十七日回北京，但到了四月十六日他由天津繞道大連到哈爾濱，一直回蘇聯，這以後就不再看見他了。我們看這些年月，可以知道他是喜動不喜靜的人，雖然是瞎了眼，又是言語不自由，可是總喜歡趕熱鬧，魯迅曾稱他是「好事之徒」，這名稱是頗適合的。他大抵是無政府共產主義的人，但後來終於決心回蘇聯去，他的意見大概也已改變了。他於一九二三年四月二日在北大第二平民夜校遊藝會，唱哥薩克起義的英雄拉純的歌，五月一日在孔德學校唱《國際歌》，照例彈著他的六絃琴，一面忙著宣傳世界語，本文所說養蝌蚪與小鴨的事情，正也是在這時候了。

八三　寂寞

愛羅先珂到北京不多久，便訴苦說「寂寞呀，寂寞呀，在沙漠上似的寂寞呀！」本文中接下去說道：「這應該是真實的，但在我卻未曾感得；我住得久了，『入芝蘭之室，久而不聞其香』，只以為很是嚷嚷罷了。然而我之所謂嚷嚷，或者也就是他之所謂寂寞罷。」這解釋的話一看似乎有點矛盾，但實在是說得很對的。因為愛羅先珂是個喜動的好事之徒，他愛好熱鬧，他愛說緬甸夜間的音樂，房裡和草間樹上的各色昆蟲的吟叫，夾著嘶嘶的蛇鳴，成為奇妙的合奏，但是他尤其愛人間的諸種活動，自頓河起義，冬宮衝突，以至斗室祕議，深夜讀禁書這些事情，他都是願意聞知的。他來教世界語，用世界語講演過幾次俄國文學，想鼓舞青年們爭自由的興趣，可是不相干，這反響極其微弱，聚集攏來者只是幾個從他學世界語的學生，他自己不懂中國語，不能與別的學生交談，而一般秀才在做整理國故的工作，自然不屑來找這外國乞食似的人，而且他們也沒會話的工具。儘管世間擾攘得很，但都是他所不要聽的事情，那麼這就轉為一種寂寞了。他一面訴苦，一面還想找尋慰安，便去參加集會，這卻更增加了他的寂寞。一九二二年北大紀念日（十二月十七日）那天，北大實驗劇社演戲。愛羅先珂在那裡，覺得演員都是在「學優伶」，（有人懷疑這是魯迅告訴他的，）他便寫了一篇文章，不客氣的加以指摘。不料這卻激怒了該社的兩員大將，魏建功與李開先，都寫文章抗議，魏君的題目叫做「不敢盲從」，「盲」字上打了引號，文中遇著「觀」「看」等字樣也都有引號，意思彷彿是說你是瞎子，配麼？魯迅因為愛羅先珂原文是他所翻譯，又看見魏君這篇大文輕佻刻薄，實在太不成話，便站出來說話，臨末特地負責的宣告：「我敢將唾沫吐在生長在舊的道德和新的不道德里，借了新藝術的名而發揮其本來的舊的不道德的少年的臉上！」我不知道魯迅有沒有把這事直截的告訴了愛羅先珂，但大概情形總該是知道的吧。寒假中他往上海訪胡愈之，那邊什麼報上便說，他因為劇評事件，被北大學生所趕走了。這是一件小事情，但意義是頗大的。這在他不能不算是一個很大的寂寞吧。他本來喜動，又如魯迅所說，渴念著他的母親俄羅斯，到了春天便又走了。本文寫在盲從事件之前，但正好給他作紀念，這裡邊讀者覺得費解的大概是那寂寞的一點，把過去的事略為說明，或者也是必要的。事隔三十年，要找《晨報副刊》也已很不容易，恰好在《魯迅全集補遺》中間收有全部文獻，得以利用，讀這篇小說的人從那裡去檢閱一下也是很有益的。

八四　京戲

著者在《社戲》這一篇裡寫出他看戲的兩種經驗，前部四分之一是說看京戲的不愉快，後部四分之三是說看地方戲的愉快，看戲之外也還有搖船和吃豆。對於京劇的看法是仁者見仁智者見智，難得一致，但是我個人，在這裡卻是與著者的意見相同，至少是毫不感覺興味的。人們對於事物決定好惡，大都以過去的經驗為準則，著者所說的兩件事，都有年代可考，其一是民國元年，其二是湖北水災賑捐演戲，這年分我也記不清了，但其時譚叫天還未死，那麼總當在民五以前了。其時的戲園很簡陋，雖然叫天那回的第一舞台說是新式，但秩序紊亂，所謂鼕鼕喤喤的毛病還是存在的。我以前在北京住過將近一月，還在前清光緒乙巳（一九〇五年），在中和園廣德樓各處看過好幾次，而且居然望見了叫天在台上走，比著者運氣好得多了，可是那像棍子似的高凳當然也不好受，而且又看到一兩次特別淫褻的表現，說出來就染了黃色，過去有一回我在文章上特別使用了兩個世界語，這印象一直留著，使得對於舊戲抱有反感。這些情形，以至鼕鼕喤喤，現今已沒有或改變了，但過去的影響還自有它的力量，何況在一九二二年，還在現今三十年前，著者表示這種意見是無怪的，也自有它的道理，因為即使現在來把京戲與地方戲加以比較，我相信可以有不少的人是會得看重地方戲的。

八五　地方戲

地方戲的範圍很廣，這裡根據《社戲》裡所講的，只是說紹興戲而已。紹興戲的特色是說白全用本地口音，也不呀呀的把一個字的韻母拚命的拉長了老唱，所以一般婦老都能了解，其次是公開演唱，戲台搭在曠野上或河邊，自由觀看。有些街坊或村鎮大抵每年捐款公演一回，本文中說：「當時我並不想到他們為什麼年年要演戲。現在想，那或者是春賽，是社戲了。」這是題目的說明，但實際上這種演戲大抵是在夏天，一般稱為「保平安」的平安戲，鄉間多在社廟前，城裡則遠遠的搭蓋一個神座，排列著五個牌位，在土穀神以外說不定有財神，瘟神，但火神是一定有的，因為他的牌位獨用綠紙，這個我記得很清楚。戲台底下擠來擠去都很自由，台如臨河，更可以坐了船看，早來在前，遲到的自然只好泊得遠一點了。本文中說這情形說：「最顯眼的是屹立在莊外臨河的空地上的一座戲台，……在台上顯出人物來，紅紅綠綠的動，近台的河裡一望烏黑的是看戲的人家的船篷。」坐在船裡的人可以看戲，也可以不看戲，只在戲台下吃糕餅水果和瓜子，睏倦時還不妨走到中艙坐著或躺下，這實在比坐什麼等的包廂都還寫意自在，而且又是多麼素樸。這固然是水鄉的特別情狀，便是在城裡和山鄉，那樣方便的船是沒有了，但自由去來還是一樣，在空地上即使鑼鼓喧天，也只覺得熱鬧而不喧擾，這好處也反正是一樣的。

八六　翻觔斗

京戲以前是達官貴人和小市民所賞玩的，地方戲的對象則只是一般民眾，所以比起來要質樸得多了。本文裡說到社戲的內容，滑稽的卻也很好意的舉出幾點來，最初說台上有一個黑的長鬍子的背上插著四張旗，捏著長槍，和一群赤膊的人正打仗。據說那是有名的鐵頭老生，能連翻八十四個觔斗，可是這回他又並不翻，只有幾個赤膊的人翻，翻了一陣都進去了。其次說所最願意看的是一個人蒙了白布，兩手在頭上捧著一支棒似的蛇頭的蛇精，其次是套了黃布衣跳老虎，但是等了許多時都不見。忽而看見一個紅衫的小丑被綁在台柱子上，給一個花白鬍子的用馬鞭打起來了，大家振作精神的笑著看。著者接下去說，在這一夜裡，我以為這實在要算是最好的一折了。末了「老旦終於發表了。老旦本來是我所最怕的東西，尤其是怕他坐下了唱。這時候，看見大家也都很掃興，才知道他們的意見是和我一致的」。後來老旦竟在中間的一把椅上坐下去了，於是他們便決心開船回去。這裡近於遊戲的幾節敘述，我覺得極能說出著者對於社戲的印象，不論好壞總都是素樸得有意思。幫閒引了公子去搶姣姣，結果吊打了寫服辨了事，這是紹興戲中精采之一，《五美圖》的老鼎，《紫玉壺》的大師爺，看過的人都不能忘記，上文說小丑被打馬鞭，也正是說這類事，雖然他不曾說出是什麼戲文來。

八七　平橋村

《社戲》中說明年代是著者十一二歲的時候，即清光緒辛卯或壬辰，即一八九一或九二年，那麼與《白光》的本事差不多是同時吧。地點則說明在外祖母家裡，本文中清楚的交代過，「那地方叫平橋村，是一個離海邊不遠，極偏僻的，臨河的小村莊；住戶不滿三十家，是種田，打魚，只有一家很小的雜貨店。」這些都說得很對，只須補充一句，那裡的人於種田之外也還做酒，而且手段很不差，如本文末了所說六一公公的弟兄七斤便是一個，到了做酒時期常被外縣請去，專工聽酒熟夠了沒有，這叫做「酒頭工」，地位是頗高的。社戲卻並不在平橋村舉行，乃是在趙莊，這是離平橋五里的較大的村莊，平橋村太小，自己演不起戲，每年總付給趙莊多少錢，算作合做的。小說裡因為要用船，所以那麼安排，事實上原不是如此。平橋村原名安橋頭，趙莊則原是外趙和裡趙兩個小村，在安橋頭的東首並排著。有一年曾往裡趙去看過戲，沿著河的北岸走去，不過一里路就是，河身很窄，又是個漊，（不通行的水路，）船用不著，大家只是站在稻地上看罷了。上節引用本文說河裡一望烏黑的是看戲人家的船篷，這乃一般的情形，大抵要在較大的地方才如此。看戲的船須在中船以上，便是船身要高，那麼頭艙部分鋪平板，將船篷頂起，放幾把椅子，可以坐看，若是站在船艙裡，有如矮人看燈，是望不見什麼來的。這里民間風俗，要徹底了解，不免煩絮，而且煩絮了有時也還未必能全明瞭。即如船這東西，在中國式樣很多，實在不容易說清楚，曾見有人畫過《社戲》裡的圖，那隻船的櫓裝在頭部，但鄉下的船搖櫓都在後艄的，用的櫓也與「無錫快」不一樣，實在非親看一下是難畫得對的。前清時大地主家人工眾多，自家的大船用三四枝櫓，夾著船頭再加兩枝，過去也曾有過，但這種情形在近五十年中也早已不見了。

八八　金耀宗

《吶喊》原本還收有一篇《不周山》，後來析出，編到《故事新編》裡去了。那本是別一類的作品，就是留在這裡，也沒有什麼可以說明的地方，倒是另一篇東西，雖是用文言所寫，卻是性質相近，覺得應當歸在一起的，這便是《懷舊》。這是魯迅辛亥冬天在家時所寫，但革命的前夜謠傳革命黨將要進城，富翁與塾師商議迎降，頗富於諷刺的色彩。這篇文章抄好了擱在那裡，還未有題名，過了兩年之後由我加了一個題目，寄給《小說月報》，登了出來，但年月卻已忘記了。這「懷舊」的題目定得很有點曖昧，實在也是故意的，本文說的是眼前的事，可是表面上又是讀《論語》對兩字課的時候，假裝著懷舊，一面追述太平天國，乃是真正的舊事了，但因此使得本文的意思不免隱晦，也是一個缺點。現在我們分作兩段來說。前段說的是仰聖先生與金耀宗。雖然說金耀宗是以東鄰的富翁為模型，這也只是個大略，便是說準備怎麼犒師，至於別的言動，自然不是寫實的，因為是諷刺，所以更不免涉於誇張了。仰聖先生單是讀書人的代表，或者因了廣思堂的塾師矮癩胡（見「百草園」三九）的聯想，所以叫他作禿先生，並不是一個真的人物。對於禿先生這人，著者的估價大概要比金耀宗低得多，因為後者只是可笑，而前者乃更可鄙了。這一種意見本文有一節說得很明白，特別指出禿先生的本領係從讀書得來，尤其說得好。

八九　禿先生的書房

在中國的舊笑話書裡，塾師是一大部門，他們的認白字和受東家的欺侮都是笑話的好材料。他們住在別人家裡去教子弟讀書，照現在的話是家庭教師，應當多少受點尊敬，可是事實上不盡然，實在他們自己也不高明。禿先生也正是這樣的一個人，不過本文中不著重在這一點，只說得他這人的卑鄙庸俗，別的都不提，但說的教讀的情形，雖沒有禿先生的特色，卻可以見舊式書房的一斑。如第二節云：「彼輩納晚涼時，禿先生正教予屬對，題曰『紅花』，予對曰『青桐』，則揮曰平仄弗調，令退。時予已九齡，不識平仄為何物，而禿先生亦不言，則姑退。……久之久之始作搖曳聲曰來！餘健進，便書『綠草』二字，曰『紅』平聲，『花』平聲，『綠』入聲，『草』上聲，去矣！」這寫「對課」實在很得要領，其次是講書，塾師教讀四書，本來只是口授讀音，讓學生去照樣朗誦暗記，所謂講書乃是依白文敷衍一遍，如說「到七十便從心所欲，不逾這個矩了」，正是一例。舊書房的功課這樣安排，當初也原是很有道理的，因為目的去應科舉，八股題目出在四書裡，臨場不准帶書，假如不是句句背誦得出，便難知道這出處，末了要做一首試帖詩，要講對仗平仄，每天晚上的對課即是這種練習。詩文都很有板眼，禿「先生講書久，戰其膝，又大點其頭，似自有深趣」，便是為此，那些都是節拍的表示。《八銘塾鈔》則是有名的一部八股文選本，是禿先生的隨身法寶，年時令節回家去時也帶著走，因為在舊讀書人八股不但是他的事業，也還成了他的娛樂，讀八股如唱京戲，自有深趣，正是極當然的了。我們拿三味書屋的先生來比較，那也是舊時代的讀書人，他卻是愛讀那律賦，也還是講排偶，但那是駢文，八股家所排斥為「雜學」的，我們於此可以看出這裡有一個很大的不同了。不但兩個人是一真一假，文章上表示出來的氣象也就不大一樣，所以如把他們混作一個人看去，那便很是錯誤了。

九〇　太平天國故事

《懷舊》的第二段是述太平天國時的故事，這不是本文的中心，所以講的並不完備。講故事的王翁本無其人，因為新台門早就成為雜院，並沒有看門的人，那些青桐和芭蕉也沒有，大小書房雖有數間，卻是誰也請不起教書先生，這些都關閉著，小孩讀書還是跑到外邊書塾裡去。但是所說太平天國時事乃是有所本的，吳媼的事便聽魯老太太講過，她是從曾祖母聽來的，吳媽是曾祖母身邊的用人，大概祖父小時候曾由她照看過，魯老太太還看到她，在光緒初年已經有七十多歲了吧。打寶一節系傭工潘阿和所說，在甲午（一八九四年）時年可六十許，不記得是哪一村人，他說自己那時曾參加過打寶。本文中地名多系實在，蕪市當然代表縣城，何墟應是道墟，雖然距城頗遠，有六十里水路，魯迅的姑丈章介千是道墟的地主鄉紳，與官府很有往來，三大人似是指他，雖然後文說他以打寶起家，那又是小說化了。張睢陽廟是說唐將軍廟，他乃是南宋的衛士，狙擊元將琶八不中而死，葬在塔子橋南，今在長慶寺內。平田即平水，在縣城南三十里，幌山當是指的黨山，在縣城北四十里，一系山鄉，一系近海之地，是當時適於避難的地方。

九一　後記

我寫這「吶喊衍義」是從二月初開始，預備給上海《亦報》揭載的，照例寫成那麼的短節，剛好每天一節，不大占篇幅。這是因時制宜的辦法，雖然實際上不無缺點，有的材料長一點煩瑣一點，如不分寫作兩段，只好削足來適履，有的短少了，又難免有填塞棉花之必要了。以前的「百草園」就是這麼寫了，不管有什麼缺點，還是這麼寫下去。但我這衍義可以說原是為讀《吶喊》的人寫的，對於不讀魯迅的各位毫無用處，就是硬著頭皮看下去，也得不到什麼益處。報上發表的不到預定的三分之一就中止了，這樣我就不再有每天一節的拘束，論理大可改變寫法，或者可以寫得自由一點也未可知。可是我並沒有這樣辦，以前寫好的幾節要改寫也覺得麻煩，便這麼的寫下去吧，反正改變方法去寫，不一定會寫得怎麼好，現在既不在報上揭載，每節長短可以不拘，也就自由得多了。我看了本文，在我所感覺到的地方，就我所知，略加說明，不過這裡要不要注的決定全是主觀的，定得未必適當。也或有遺漏的地方，至於我見聞有限，有些也未能明瞭，這些缺點都要請讀者原諒。必要的說明有的與「百草園」所說不免重複，別的則努力避開，讓讀者直接到那本書上去看好了。

一九五二年三月三十日。

第二分　徬徨衍義

一　祝福

《徬徨》裡所收小說，總共是十一篇，第一篇即是《祝福》。這因了戲劇電影的關係，在世上已是大大的有名，但名稱乃是以裡邊女主角為主的「祥林嫂」，原名比較的少有人知道，這其實也是頗有理由的。因為這「祝福」二字乃是方言，與普通國語裡所用的意思迥不相同，這可能在隔省的江蘇就不通用的。范寅《越諺》卷中風俗門下云：「祝福，歲暮謝年，謝神祖，名此，開春致祭日『作春福』。」在鄉下口語裡這的確讀如「作福」，音如桌子之「桌」，文人或寫作「祝福」，雖然比較文從字順，但「祝」讀如「竹」，讀音上實在是不很一致的。顧祿《清嘉錄》卷十二過年項下云：「擇日懸神軸，供佛馬，具牲醴糕果之屬，以祭百神。神前開爐熾炭，鑼鼓敲動，街巷相聞。送神之時，多放爆仗，謂之過年，云答一歲之安。」又引蔡雲《吳歈》云：「三牲三果賽神虔，不說賽神說過年。一樣過年分早晚，聲聲聽取霸王鞭。」這裡說的陰曆十二月的事，大體與祝福相像，名稱則大不相同了。如依據《說文解字》，冬至後三戌為「臘」，臘祭百神，說越的「祝福」與吳的「過年」都是「臘」的遺風，未始不可。查照去年曆書，冬至丁酉後三戌為舊十二月二十一日，時節倒也正相當。唯《越諺》云「謝神祖」，《清嘉錄》云「懸神軸，供佛馬」，與祭百神之說不合，但是鄉下舊俗卻是純粹祀神，這也正可以說「禮失而求諸野」吧。

二　祝福的儀式

鄉下年底祝福的儀式，據個人的記憶，大致如下。在規定祝福的頭一天，伐取新竹枝，縛在長竿上，撣掃廳堂，再用水沖洗地面，這些當然是叫僱工所做的。到傍晚時，將八仙方桌兩張接長了，放在靠近簷口的地方，一方面去準備福禮。這就是三牲，大抵是雞鵝各一，都是預先棧養得極大的，豬肉長方一塊，繫腰背連肚腹部份，俗稱「元寶肉」，先期宰殺洗淨，至時放入淘鍋去煮，至半夜可熟為度。這些都裝在紅漆大桶盤內，上插許多筷子，是祀神用的一定的格式。此外又有活鯉魚一條，買來養在水缸內，祭時拿去掛在八仙桌右邊橫檔上，事畢仍放在水裡，過幾天拿到城外河中放生。這恐怕是讀書人家的風俗，他們平常忌吃鯉魚，因為它是要跳龍門的，是科舉的一種迷信，所以可能是後起的事。照例殺牲祀神時，有一碗血略加水打勻，蒸熟後附帶作供，這裡恐怕也是如此。豆腐一盤，鹽一盤，廚刀一把，也是祀神必備的供具。此外別無食物，雖然新年接神的時候例供果盤，以及鄉下特有的年糕粽子。說是祭百神，到底不知道有多少位，那些亂戳在三牲上的筷子，大概讓他們隨便使用，（刀自然是割肉用的，）茶酒則一定是三茶六酒，茶也只用茶葉一撮放入茶盅內罷了。祭桌的排列次序是：桌幃和香爐燭台五事在向門口的一端，其次是三牲供品，茶酒，最末後是神馬，是一張元書紙上印成的神像，用兩支竹籤插在一塊「燒紙」上的。神位之後便是拜位，行禮的時間大概在那一天的半夜裡，算的是第二天的日期，時刻則是子時吧。拜畢焚化給神們的紙元寶一掛，加上燒紙，連神馬一起燒掉，隨即大放其爆仗，普通多是鞭炮，即霸王鞭，一串一千枚，雙響爆仗十個。本文中關於祝福也有一段記述，說得頗仔細。「這是魯鎮年終的大典，致敬盡禮，迎接福神，拜求來年一年中的好運氣的。殺雞，宰鵝，買豬肉，用心細細的洗，……煮熟之後，橫七豎八的插些筷子在這類東西上，可就稱為『福禮』了，五更天陳列起來，並且點上香燭，恭請福神們來享用；拜的卻只限於男人，拜完自然仍然是放爆竹。年年如此，家家如此，——只要買得起福禮和爆竹之類的，——今年自然也如此。」這裡看不出指的是什麼時候，但據篇首說回到魯鎮，「雖說故鄉，然而已沒有家」的話看來，或者可以推定這是說民國八年以後的事情吧，雖然這回鄉的話本來也是小說化。魯四老爺是講理學的監生，寒暄之後即大罵其新黨，這本是當然的事，但下文說明

「這並非借題在罵我．因為他所罵的還是康有為」，這也是一個旁證，本文中所說的時代已是在民國以後了。

三　祥林嫂

祥林嫂的故事是用了好些成分合成起來的。這裡我們分開來說，第一是她的那一副形相。著者最後在河邊遇見她的時候，只見她瞪著眼睛，臉上消盡了先前悲哀的神色，彷彿是木刻似的，只有那眼珠間或一輪，還可以表示她是一個活物，她一手提著竹籃，一手拄著一支比她更長的竹竿，下端開了裂。這顯然有一個模型在那裡，雖然她的故事是完全不相同的。那是魯迅的一個本家遠房的伯母，周氏始遷祖以下的八世祖派下分作致中和三房，到魯迅已是第十四世了，他是「致房」的，那伯母卻是「中房」的，她的兒子也是十四世。但和魯迅是同第六世祖，（不知道應該叫做什麼祖了，）所以是很遠的了。她的丈夫是個秀才，死後留下一個兒子，也在三味書屋讀過書，人很聰明，但是後來在「和房」代管事務，便長住在那裡，不大回來，她很是著急，覺得兒子是丟掉了。她說兒子與那邊的閨女有了關係，其實他們也是同第六世祖，遠得很了，她在本家中當作祕密似的宣傳，又說他不理她的勸告，罵她，以至於要打她。她在民國初年常去訪問魯老太太，便是那麼拄了一支竹竿，比她更長，神色淒淒惶惶的，告訴她的苦難，可是聽的人同情於她，批評她兒子一兩句，她立即反駁過來，說這倒也並不是他的不好，回去還要對兒子說某人怎麼怎麼在說，結果反要對你見怪。久而久之，她的那一套話講得次數多了，大家似信似不信，也怕發表意見，只好嗯嗯的聽著罷了。她為了失去兒子的悲哀，精神有點失常了，雖然對於別的事情，還不大看得出來。只是有一年冬天，她忽然悲觀起來，乘夜投在與街道平行著的河道內，河水照例是通年不凍的，只是水量要減少些，她覺得死不去，卻是冷得厲害，便又爬起，回到自己家裡去了。這件事別人都不知道，乃是她自己對魯老太太說的，想必是事實。祥林嫂的悲劇是女人的再嫁問題，但其精神失常的原因乃在於阿毛的被狼所吃，也即是失去兒子的悲哀，在這一點上她們兩人可以說是有些相同的。

四　死後的問題

本文中說祥林嫂遇見道者，問他幾個問題，使得他不知道怎麼回答才好，即是「有沒有魂靈？」「有沒有地獄？」「死後是不是一家人都能見面？」一般的人照例相信鬼，「然而她，卻疑惑了，——或者不如說希望：希望其有，又希望其無……。」本文裡這兩句話解說得很明白，這正是世俗的一種迷信，使她迷惑錯亂，以至於窮死，在這上邊，魯四老爺的道學還只是一個原因罷了。這些迷信便是故事的第二成分，在民間是自成一個體系，很有點勢力的。相信魂靈與鬼是世間共通的現象，在中國則很受到印度的影響，特別是地獄，差不多全出於佛書。《玉歷鈔傳》裡的記載大概就是《樓炭經》和《地藏本願經》的節略，這本不是中國民族固有的思想，可是傳來之後卻有極大勢力，普及民間，造成許多弊害，尤其是在婦女的生活上，禮教上的輕視女人再加入宗教上的不淨觀，正是加倍的酷烈了。祥林嫂失去兒子的悲哀，可以因相信有魂靈而得到慰安，因為在死後一家的人可能見面了，所以她在這裡是希望其有吧。但是同時還有再嫁的問題在那裡，她在世間是孤苦伶仃的一個人了，但如死後與家人想見，在陰間便有前後兩個丈夫等著了。那麼這事怎麼辦呢？據鄉間老太婆的判斷，她們且不來譴責再嫁，不規定發往什麼小地獄去，只是就事論事，滑稽一點可以說是作為民事處理，一個女人不能歸兩個男人所有，最公平的辦法是各人分得一半，乾脆由鬼卒拿去鋸開來了事。本文中所說柳媽的話並不是沒有根據的，這思想相當普遍，著者大抵還有事實的依據，便是的確曾經聽見有人說過的。那是一個年近五十的女人，住在周家台門的門房裡很久，至少總是再嫁過的吧，通稱單媽媽，雖然她並不在給人家做工，有一天對魯老太太說，正如本文所云，「放低了聲音，極祕密似的切切的說」道：「說是在陰司間裡，還要用鋸去解作兩爿的呢。」原本很富於喜劇氣的一番話，卻被著者一轉用，完全變成悲劇的了。捐門檻之說，也是這類迷信的一部分，只是我不知道它的出典，所以舉不出說這話的本人來了。

五　寡婦再嫁

第三成分是寡婦再嫁和搶親。中國過去禮教上強調貞節，但社會上一般人家寡婦再嫁也是常有的事，自然她是要受點差別待遇，被稱為「回頭人」，或是「二姑娘」，（「大姑娘」是處女的稱號，）結婚儀式上也有些差別，只是詳細不明瞭。除了禮教代表計程車大夫家以外，寡婦並不禁止再嫁，問題是沒有她的自由意志，必須由家族決定，換句話說即是怎麼出賣，賣多少錢，這樣辦好的再嫁是不觸犯禮法的，至於陰間的罪名那是另一個問題。本文中關於這點說的很清楚，祥林嫂的婆婆是個精明強幹的人，把她的寡媳賣到裡山去，可以多得財禮，給她的次子娶親以外，還可以多餘若干錢，這是多麼好的打算。裡山的生活較苦，一般雖然也是買賣婚姻，但父母到底還不大願意把女兒嫁進深山野墺去，結果自然以婆婆出賣寡媳的為多了。本來祥林嫂第一次在衛家山，被賣到賀家墺，第二次守了寡的時候，也可能再從賀家墺被賣到別處去，這回卻並不如此，也是別有理由的。本文說她沒有婆婆，房子是自家的，後來丈夫病死，兒子也給狼吃了，她大伯來收屋，便把她趕了出來。這情形與《儒林外史》裡嚴貢生等她弟媳的兒子死了之後去接收財產的情形相似，因為收屋比爭取財禮更好，所以「利之中取大」了。搶親的事在鄉間常有，大抵是男家恐怕女家要悔約，乃乘其不備，於賣約婚姻上加添了一點劫掠分子，本人不知道不願意的也附加在內，如祥林嫂事件即其一例。其次則有合意的搶親，因為貧窮不能備禮，採用搶親的形式，許多繁文縟禮便都可省去，這也可以說是一種「非禮之禮」吧。

六　馬熊拖人

祥林嫂的小兒子在門口剝豆，被狼銜了去，尋到山塽裡，看見刺柴上掛著一隻小鞋，他躺在草窠裡，肚裡的五臟都給吃空了，手上還緊緊的捏著那隻小籃，這件事是對於她最大的打擊，是故事裡的第四成分。這件悲慘的事是有事實作根據的。周氏第九世的祖墳是在烏石頭山麓，那地方離城才二十多里路，掃墓時船靠了岸，還有一段路，穿過有人家的聚落，迤邐在山腳下走，不久就到，女人照例用兜轎抬，男子都只是步行而已。這一代是致房的先祖，由派下智仁勇三房輪流值年祭祀，一年中三次到墳頭去，必須與「墳鄰」（看墳人的稱呼）接觸，新年他們也要來一次。這烏石頭墳鄰的小兒子便是這樣的被野獸吃去的，年代大概已很久遠，魯老太太聽那墳鄰的妻子說過，有時提起還很替她傷感，據說她後來因為哀悼一直把眼睛都哭瞎了。算起來這事總還在光緒癸巳（一八九三年）以前吧。本文裡敘述的話差不多就用原來的口氣，但是小說中不指定地方，所以沒有說明剝的是什麼豆，這應當是「羅漢豆」，即是國語的「蠶豆」，又那吃人的動物也只簡單的稱作狼，這東西實在是一種怪獸，鄉下都稱它為「馬熊」。范寅《越諺》卷中禽獸門中有「馬熊」這個名稱，小注說明在同治初年太平軍事初了，居民稀少，豺狼出山拖人，呼為馬熊。《越諺》序署光緒四年，距同治初才有十多年，應該所說的話可以相信，但聽人家講馬熊的事情，都說這有毛驢那麼大，不像大狗，頸上有長鬣，又說走路閣閣有聲，又好像是分蹄獸的模樣了。但分蹄獸照例是不吃肉的，可以知道絕不會是那一類。或者被襲的人嚇得魂不附體，幸而得免，也認不清那是怎麼一副形相，因此生出些幻覺來也未可知，彷彿覺得它似馬似熊，所以給了它這樣一個名字。說不是狼，那麼該是什麼東西，實在也想不出來，說是狼呢，鄉間人並不是不認得狼的，他們說並不是，這真相實在很難知道了。以上所說是前清同治初以至光緒初的事情，至少已是七十年前了，可是想不到近來還聽說有馬熊拖人的事。去年秋天有同鄉潘君來訪，他是民國四五年我在鄉下中學教書時的同事，後來任浙江大學的教授，談起家裡情況，說別的還好，只是一個小兒子，抗戰時在山鄉避難，給馬熊拖了去了。我記得他是民五結婚的，不知道那是第幾個孩子，當時很是愕然，竟沒有問他詳細的情形。

七　魯四老爺

故事裡的第五成分是講理學的監生魯四老爺。本文裡說明在故鄉已經沒有家，寄住在本家叔輩的家裡，論理這該是老台門周宅了，但這本來是小說化，事實上搬家出來以後就沒有回鄉去過，因此這所寫的本家也不必一定是寫實的了。就本文上所寫看來，這還是著者的故家，即是新台門周家，壁上掛著朱拓的大「壽」字，原是影射三台門公共的那塊「德壽堂」的大匾，但所說對聯卻是新台門的。一邊的對聯已經脫落，捲了放在長桌上，一邊的還在，這是「事理通達心氣和平」，這原來是新台門特有的一副抱對，上聯是「品節詳明德性堅定」。關於這聯還有過一件軼事·有一天致房派下值年祭祀，在大廳上吃飯，照例有些野狗鑽到桌子底下檢骨頭吃，大家就用腳踢它，可是有一隻不管如何總不肯走，也不嚎叫一聲。有叔輩掉文的朗誦抱對的上聯，大家笑了起來，那時派下房長是叔祖輩的飏園公，輩分年紀都很大，悠然的接著念那下聯，於是又鬨堂的笑了。這小說作於一九二四年，已在搬家五年後了，還剩有這個回憶，但《朝花夕拾》之作又要在這一年之後了。魯四老爺卻是沒有什麼依據的，假如要找實在的模型，那也並不是難事，但總該是個舉人，或至少是秀才才行，監生是沒有講理學的資格的，事實上本家中也並無監生，因為這須得是有錢而不通的人，而周家則什九窮困，沒有捐監生的財力。其次是講理學的大都兼通道教，他們於孔孟之外尤其信奉太上老君或關聖帝君的，這一點在本文中也曾略為提及，那大「壽」字即是陳摶老祖所寫，但那一堆書只是些《康熙字典》，《近思錄》和《四書襯》，沒有《陰騭文》一類的東西，道教空氣並不明顯。這位道學家在這裡的地位不怎麼重要，他的腳色只是在給祥林嫂以禮教的打擊，使她失業以至窮死，所以關於他的個人不再著力描寫的吧。《祝福》裡所寫的是封建道德和迷信的壓迫下的婦女的悲劇，大抵全國都是一樣，地方色彩不很重要，但本文所說到底還是南方水鄉的背景，在北地的讀者如沒有詳細的說明參考，恐怕不免有隔膜的地方。

八　酒樓

《在酒樓上》是寫呂緯甫這人的，這個人的性格似乎有點像范愛農，但實在是並沒有模型的，因為本文裡所說的呂緯甫的兩件事都是著者自己的，雖然詩與真實的成分也不一樣。那酒樓所在的地方本文說明是S城，這不但是「紹興」二字威妥瑪式拼音的頭字，根據著者常用的S會館的例子，這意思是很明瞭的。以前小說裡寫魯鎮都算是鄉村的小鎮，所以這裡說這城離故鄉不過三十里，坐了小船，小半天可到，固然是小說化，也約略是以安橋頭為標準的吧。一石居的名稱大概是採用北方式的，這是酒樓，在小樓上有五張小板桌，不是普通鄉下酒店的樣子，並不以咸亨為模型，其所云「一斤紹酒」，是用北方說法，本來這只叫做「老酒」，數量也是計吊，計壺，不論斤兩的。其次說菜，實在只是下酒物，方言叫做「過酒胚」。「十個油豆腐，辣醬要多」，卻是道地的鄉下食品，即使不是別處沒有，也總是很特別的東西。平常油豆腐是立方體，只有七八分見方吧，這乃是長條的，長可二寸，寬一寸，用白水在砂鍋內煮，適當的加鹽，裝在碟子上臨時加辣醬，看去製法很是簡單，但家裡仿製總不能做得那麼的好。有人說那湯是用肉骨頭湯煮的，其實也並不然，湯未必有肉味，而且價值一文錢一個，也不夠那麼去下本錢。後面遇著了呂緯甫，新增了兩斤酒，又復點菜，指定了四樣，那是茴香豆，凍肉，油豆腐，青魚乾。這裡茴香豆已見《孔乙己》篇中，是一般酒店所常備之物，其他葷菜則須較大的店裡才有。凍肉方言叫做「扎肉」。用肥瘦適宜的豬肉切成長方塊，以竹箬絲橫縛，加醬油桂皮等作料煮熟，盛入缽內，候凍結後傾出大盤上，晶瑩如琥珀，唯冬天才有，一塊售錢十六文。青魚乾是上等的魚乾，用螺螄青所做，曬好後切塊蒸熟即可吃，或裝入瓷瓶內，灑以燒酒，則更是鬆軟，但酒樓上所有大抵只是常品而已。但是葷菜在酒店裡也只是過酒胚，與現炒的菜不同，所以不算是點菜，本文裡這麼說，原是依照世俗的說法，並不一定要寫實的。

九　遷葬

呂緯甫所講的兩件事情，第一件是回鄉來給小兄弟遷葬。本文中說他有一個小兄弟，是三歲上死掉的，就葬在鄉下，今年本家來信說他的墳邊已經浸了水，不久恐怕要陷入河裡去了。他因此預備了一口小棺材，帶著棉絮和被縟，僱了土工，前去把墳掘了開來。待到掘著壙穴，過去看時，棺木已經快要爛盡了，只剩下一堆木絲和小木片，把這些撥開了，想要看一看小兄弟，可是出於意外，被縟，衣服，骨骼，什麼都沒有。那麼聽說最難爛的頭髮，也許還有吧，便伏下去，在該是枕頭所在的泥土裡仔仔細細的看，也沒有，蹤影全無。我在這裡節抄本文比較的多，因為這所說遷葬乃是著者自己的經歷，所寫的情形可能都是些事實，所不同的只是死者的年齡以及墳的地位，都是小節，也是因了敘述的必要而加以變易的。下文接下去說，他鋪好了被縟，用棉花裹了些先前身體所在的地方的泥土，包起來，裝在新棺材裡，運到父親埋著的墳地上，在他墳旁埋掉了。我們相信這所寫的也是事實。關於遷葬的情形，他不曾告訴過人，別人也不曾問過他，大家都怕說起來難過，但是他在這裡寫得一個大略，覺得這是很可珍重的材料。呂緯甫說起他少年時事，曾經同到城隍廟裡去拔掉神像的鬍子，與現今迥不相同，這也是很重要的有意思的話。

一〇　小兄弟

現在我們來說明一下關於小兄弟的事情。這乃是著者的四弟，小名春，書名椿壽，字蓤軒，是祖父介孚公所給取的，生於清光緒癸巳（一八九三年）六月十三日，卒於戊戌（一八九八年）十一月初八日，所以該是六歲了。本文中說是三歲，這或者是為的說墳裡什麼都沒有了的便利，但也或者故意與幼殤的妹子混作一起，也未可知。她小名端，生於光緒丁亥（一八八七年），月日忘記了，大概不到一週歲，即以出天花殤，她最為伯宜公所愛，葬在南門外龜山，立有小石碑，上寫「周端姑之墓」，即是伯宜公的親筆。椿壽也葬在那裡，離開她的墳西南約二十步。那地方雖非義塚，大抵也是官地吧，在那東南方面有一個庵址，大殿早已沒有，只在門口西邊曲尺形的留下些房屋，作為停放棺材的地方，伯宜公的生母歿後就殯在那裡，伯宜公把愛女埋在那裡，大概是為了這個緣故。椿壽的墳因為已在十一二年後了，所以位置更往南移，漸近土坡的邊沿，那地方下面鄉下人挖黃土，掘成巖壁模樣，年月久了就有坍圮之虞，本文中說是河邊，取其直捷明瞭，但由此可知這裡是以他的墳為目標的。墳前豎有一塊較大的石碑，上刻「亡弟蔭軒處士之墓」，下款是「兄樟壽立」，寫的是顏字，託本家叔輩伯文所寫，那做墳和立碑的事都是我經手的，所以至今記得很是清楚。周氏興房的祖墳兩座都在南門外小南山頭，一座是三位高祖母，一座是高祖和曾祖父母，俗語稱為「抱子葬」的。另外在逍遙漊買得一座本家的壽墳，本有三穴，後來葬了祖父母，伯宜公便附葬在那裡，小弟妹又附在他的旁邊了。這件事是魯迅於民國八年末次回鄉時所辦的，其中大概遷葬的印象留得最深，所以這裡特別提出來記述一番的吧。

一一　小照

本文中著者說及他的小兄弟，「連他的模樣都記不清楚了，但聽母親說，是一個很可愛念的孩子，和我也很相投，至今她提起來還似乎要下淚。」這話說得很簡單，可是也是有根據的。小兄弟死的時候他正在家，但是過了三天卻在十二日就回南京學堂去了，這以後的事情是我在旁邊，知道得最清楚。母親永遠忘記不了這小人兒，她叫我去找畫神像的人給他憑空畫一個小照，說得出的只是白白胖胖，很可愛的樣子，頂上留著三仙發，感謝畫師葉雨香，他居然畫了這樣的一個。母親看了非常喜歡，雖然老實說我是不能說這像不像。這畫畫得很特別，是一張小中堂，一棵樹底下有圓扁的大石頭，前面站著一個小孩，頭上有三仙發，穿著藕色斜領的衣服，手裡拈著一朵蘭花，如不說明是小影，當作畫看也無不可，只是沒有一點題記和署名。查舊日記，在己亥年有這幾項記錄：

二月十一日：雨。同鳴山叔訪葉雨香畫師，不值。

十二日：雨。訪葉雨香適在，託畫四弟小照。

十三日：晴。往獅子街取小照「頭子」，頗佳，使繪秋景。

裱畫大抵也在這月內，但日記上沒有記著。這畫掛在她的房裡（後來在北京是房外板壁上）足足有四十五年，在她老人家八十七歲撒手西歸之後，由我把這幅畫捲起，連同她所常常玩耍，也還是祖母所傳下來的一副骨牌，拿了過來，一直放在箱子裡，沒有開啟來過。直到今年才由兒子拿來捐獻給文化部，仍舊掛在那板壁上，有人往魯迅故居去的就可以看到那小兄弟的小影了。但是我也還留著一個副本，在搬家北來的時候曾經託畫師（或者還是葉雨香也說不定）將高祖以下的神像都縮臨成斗方，成為胸像，又單把祖父兩代的合裱一幅，那小兄弟的胸像也附在下方，因此倒比較是放大了，大抵和原本差不多，就只是沒有那背景而已。

一二　故鄉風物

著者對於他的故鄉一向沒有表示過深的懷念，這不但在小說上，就是《朝花夕拾》上也是如此。大抵對於鄉下的人士最有反感，除了一般封建計程車大夫以外，特殊的是師爺和錢店夥計（鄉下叫做「錢店官」）這兩類，氣味都有點惡劣。但是對於地方氣候和風物也不無留戀之意，如本文中說，坐酒樓上望見下邊的廢園，「這園大概是不屬於酒家的，我先前也曾眺望過許多回，有時也在雪天裡。但現在從慣於北方的眼睛看來，卻很值得驚異了：幾株老梅竟鬥雪開著滿樹的繁花，彷彿毫不以深冬為意；倒塌的亭子邊還有一株山茶樹，從暗綠的密葉裡顯出十幾朵紅花來，赫赫的在雪中明得如火，憤怒而且傲慢，如蔑視遊人的甘心於遠行。我這時又忽地想到這裡積雪的滋潤，著物不去，晶瑩有光，不比朔雪的粉一般幹，大風一吹，便飛得滿空如煙霧。」下文呂緯甫說到回鄉來遷葬，也說：「這在那邊那裡能如此呢？積雪裡會有花，雪地下會不凍。」著者在這裡便在稱頌南方的風土，那棵山茶花更顯明的是故家書房裡的故物，這在每年春天總要開得滿樹通紅，配著旁邊的羅漢松和桂花樹，更顯得院子裡滿是花和葉子，毫無寒凍的氣味了。關於鄉土的物品，在《朝花夕拾》的小引上也有一節云，「我有一時，曾經屢次憶起兒時在故鄉所吃的蔬果：菱角，羅漢豆，茭白，香瓜。凡這些，都是極其鮮美可口的；都曾是使我思鄉的蠱惑。後來，我在久別之後嘗到了，也不過如此；唯獨在記憶上，還有舊來的意味留存。它們也許要哄騙我一生，使我時時反顧。」清末人遐齡的《醉夢錄》筆記中有一則云：「莫切崖元英行七，浙江山陰縣人也，其人古貌古心，不修邊幅，見人輒跪拜不已，雖僕役亦然，以此人皆以莫瘋子呼之，然其學問淵博，凡醫卜星相堪輿之術，以及詩古文詞，無不通曉，寓京師已三十餘年矣。詩不多作，曾記其一聯云：『五月楊梅三月筍，為何人不住山陰？』其不克還鄉之苦況已露於言表。」莫元英也是一個畸人，其號稱「切崖」實在即是「七爺」，楊梅與筍也正是他的蠱惑，此事原是古已有之的也。

一三　剪絨花

呂緯甫所講的第二件事是給舊日東鄰船戶長富的女兒順姑送剪絨花去。他的母親記得順姑以前想要剪絨花卻是得不到，這回便叫買兩枝去送給她，可是等到找著了的時候，才知道她已經病故了。她患的是所謂癆病，吐紅和流夜汗，有一天她的伯父長庚又來硬借錢，她不給，長庚就冷笑著說：你不要驕氣，你的男人比我還不如呢。這更增加了她的憂悶，不久就死了，因為她想，如果她的男人真比長庚不如，那就真可怕呵，比不上一個偷雞賊，那是什麼東西呢？然而那是賊骨頭的誑話，她的未婚夫趕來送殮，是個搖小船的，衣服很乾淨，人也體面，順姑大上了長庚的當了。本文裡是這麼說，剪絨花的一節原是小說化的故事，但後半卻是有事實的根據的。所謂偷雞賊長庚即是做過阿Q的模型的阿桂，長富自然就是阿有了，但事實上阿有乃是阿桂的老兄，他的職業是給人家舂米的。他們父女（大概還有一個小兒子）住在周宅門內西邊的大書房裡，那裡住著禮房的利賓以及中房月如日如兄弟共三家，阿有大抵是占領著朝北房屋的東偏一角吧。

順姑的真名字已記不清楚，她是一個很能幹的少女，替她父親管理家務很有條理，有時阿桂來借錢，也就由她對付，阿桂耍無賴，說她的未婚夫比他不如，去挖苦她也是實有的事，但是那等於做偷雞賊的叔父一向為她們所看不起，他的話當然是毫無信用的了。至於她的病並不是肺結核，實在乃由於傷寒初癒，不小心吃了涼粉石花，以致腸出血而死。她的未婚夫是一個小店夥，來吊時大哭，一半為了情義，一半也是自傷，他當了好些年夥計，好容易積了百十塊錢聘定了一個女人，一霎時化為烏有，想要再聘娶，成家立業，這事一時便很有點不大容易了。本文中說去找長富沒在家，就回到斜對門的柴店裡，這即是說的路南迤東的那家屠正泰號，店主是一位老太太，通稱寶林太娘，是那街上的老住戶之一，在「百草園」第二分中曾有說及，今不多說了。

一四　幸福的家庭

《幸福的家庭》這一篇在篇首註明「擬許欽文」，大概裡邊很有些詼諧分子，或者含有好些諷刺，但是我不明白，沒有什麼可以說的。只有在本文中說幸福的家庭的布置，臥室是黃銅床，或者質樸點，「第一監獄工場做的榆木床也就夠」，這句話可以說是有根據的。民國八年（一九一九年）搬家的時候，中間正屋左右兩間即魯老太太和魯迅夫人的居室裡用的即是這種榆木床，那時因為有同鄉在北京第一監獄當什麼科長，宋紫佩也進去兼任教誨師，便託他去定做了來。查舊日記，大床兩張於十二月六日由宋君差人送來，每張價洋二十一元，大概可以說得上價廉物美吧，過了兩天住在附近草廠大坑的朱逷先君來訪，看見了覺得很好，也照樣的去買了一張，這正可以證明榆木床之有目共賞了。

一五　肥皂

《肥皂》這篇故事裡的人物重要的有四銘和他的衛聖道講風雅的同志何道統和卜薇園，此外是四銘的妻子和兒女，這些人我都不知道有沒有模型，所以無可說的。地點也不明白，從四銘的兒子學程小名拴兒這一點看來，可能這是北京，因為這種小名是北方所獨有，「拴」字解作「繫縛」，取留住之意。但是本文起頭說四銘太太正在斜日光中背著北窗和她八歲的女兒糊紙錠，這又表明是南方風俗，或是就是東南地方也只在紹興才是普通吧。在鄉下這叫做「糊銀錠」，本來是尼姑以及住在庵裡帶髮修行的老太婆們的工作，但在一般舊式人家，（這自然是民國以前的情形，）有些主婦們也買了錫箔來自己糊，比起買現成的來，既是省錢，也好看得多。製造錫箔是很繁重的工作，雖然事屬迷信，但關於工作這總是事實。用叫做「點銅」的最好的錫，用人力逐漸錘薄，又經過女工的種種操作，成為大小的錫箔紙，這些程式太專門了，我不能懂，懂了之後記下來也可以成為一本小冊子，所以只好不說。現在只說人家去買了錫箔紙來，在家裡怎麼把它糊成銀錠這一段事。錫箔紙大小一紮，稱為「一作」，不曉得多少張，只知道錫紙兩種，大的長約市尺四寸，寬三寸半；小的長寬各一寸半，這裡暫稱作「甲一」，「甲二」。又黃色毛頭紙兩種，大的比甲一要窄一寸多，卻要長出半寸；小的比甲二周圍都縮二分，稱作「乙一」，「乙二」。製法第一步先用棕刷把薄漿糊敷在甲一的背面，在正中間褙上乙一，左右兩旁各餘剩一部份，交給助手去把那兩部份反貼在乙一的那背面，攤在竹篩上去晾乾。其次是漿糊刷在乙二上，貼在甲二背面正中，交給助手趁錫紙潮溼的時候，放在刻有螺紋的圓木戳上，舉起右掌用力拍下去，讓螺紋印在紙上面，揭下後同樣的晾乾。第二步等甲一乾透了，用剪刀鉸去上端多餘的毛頭紙，再三分截斷，若干紙為一疊，在長的兩端和寬的兩邊都適宜的向內加以拗折，留存待用。第三步便是糊的一段落了。那拗折過的三分之一的甲一是底，印有螺紋的甲二即是面，糊在一處就成為銀錠了。主婦用小棕刷把漿糊敷在甲二的背面四周，助手接過去復在略如船形的底下，先叫上下兩邊與底相黏合，再翻轉過來用手指撥動左右兩邊，貼在底下，這就成功了。第四步是將晾乾的銀錠用棉線穿起來，互動的排列，使得兩邊的底相向，表面都向著外邊，左右各二十五，一串是五十個，上頭留著一條長線，六串以上總結起來，稱為「一球」，銀錠大概起碼是三百，多至六百八百，也有二百一球的，那用在祭祀便要算缺少敬意了。在糊銀錠的工作中，小孩所能擔任是印螺紋的這一件，其餘都要多少練習才行，其中最難的要算拗折底子，因為那是決定式樣的，若是深淺不適中，糊出來的銀錠樣子也就不好看了。

一六　長明燈

《長明燈》也是一篇寫狂人的小說，但是我們的興趣卻是在於茶館裡和四爺的客房裡的那一群人的身上。吉光屯社廟的長明燈是從梁武帝那時候點起的，若是滅了，那裡就要變海，大家都要變成泥鰍，這一類的迷信可能在什麼地方存在，但是我卻是不知道。狂人把什麼東西看作象徵，是一切善或惡的根源，用盡心思想去得到或毀滅它，是常有的事，俄國迦爾洵（一八五五至一八八八）有一篇小說《紅花》，便是寫一個狂人相信病院裡的一朵紅花是世界上罪惡之源，乘夜力疾潛出摘取，力竭而死，手裡捏著花，臉上露出滿足的微笑。這裡狂人的想熄長明燈，有點相像，但是不成功，被關到社廟的空屋裡去了。吉光屯的地理不明，從郭老娃和闊亭的名字看來，應當是在北方，魯迅曾屢次說及北京或是河北人喜歡用「闊」字做名號，是南邊所沒有的。但是末尾小孩們猜謎，那個鵝謎卻是道地的紹興兒歌，不但是「白篷船，紅劃楫，搖到對岸」云云，是水鄉特有的風物，下文「點心吃一些，戲文唱一出」（原來是一隻）的「戲文」，也都是方言，不過這些也不可以拘泥，因為這裡並不是重在寫實吉光屯茶館裡的一群人，和《藥》裡所寫府橫街茶館的大概還是一路，這裡寫得更暢，可以補前回的不足。鄉下的茶館實在也值得寫，只是很不容易，若不是自己「泡」在那裡有過相當的日月，難得把握住裡邊的空氣，在旁觀的立場上也只能寫得那麼樣罷了。其中茶館女主人所說的話略有根據，如她對莊七光說：「那時你們都還是小把戲呢，……便是我，那時也不這樣。你看我那時的一雙手呵，真是粉嫩粉嫩……」說過這話的原來是單媽媽，便是說到陰司間要去鋸解的人，原本說是「嫩其其」的，魯迅當時很覺得可笑，所以事隔多年，終於用作材料，但是與灰五嬸的前後的話是別無什麼關係的。為什麼名字叫做灰五嬸，這個理由我們不能明白，這裡只好缺疑。「捏過印靶子」的這句也是鄉下俗語，但恐怕各處都是通行，並不只是限於一地方的吧。

一七　示衆

我們看「示眾」這個題目，就可以感覺到著者的意思，他是反對中國過去的遊街示眾的辦法的，這在《吶喊》自序和《阿Q正傳》末章裡可以看得很清楚。他對於中國人的去做示眾的材料和賞鑒者都感到悲憤，但是分別說來，在這二者之間或者還是在後者方面更是著重吧。在這篇《示眾》裡，他所寫的那材料很是輕微，大概只是一個竊盜或詐騙的流氓，究竟也不曾說明，因為那白布背心上的字雖然有人朗誦，但「嗡，都，哼，八，而」云云，讀者仍舊不明白這字的意義，可是賞鑒者那一群卻寫得很詳細。這些可能都有模型，但是不能指出來說誰是張三，誰是李四，因為這同時又是類型，在社會上很容易碰著，特別是以前的北京，本文劈頭就宣告是首善之區的西城的一條馬路上，也是很有理由的。我們依照登場的次序列舉出來，有饅頭鋪門口叫賣的胖孩子，禿頭的老頭子，赤膊的紅鼻子胖大漢，抱孩子的老媽子，頭戴雪白的小布帽的小學生，工人似的粗人，挾洋傘的長子，嘴張得很大象一條死鱸魚的瘦子，吃著饅頭的貓臉，彌勒佛似的圓臉的胖大漢，就是饅頭鋪的主人，來一記嘴巴將胖孩子叫回去的，車伕，戴硬草帽的學生模樣的人，滿頭油汗的橢圓臉，一總共有十三個人，這裡邊除了小學生和工人，學生模樣的人這三個看了就走以外，都是莫名其妙的在逗留賞鑒，直到一個洋車伕摔了一交，路人同聲喝采起來，這一群才散開，錯錯落落的走到那邊去了。看示眾和跌交喝采是同一性質的事情，這裡那麼的結束，在著者也是很有意義的，但在過去社會上卻是實在常有的，因此這說是寫實倒是很可以的吧。

一八　高老夫子

高老夫子本名高幹亭，朋友們叫他老桿，與老缽和黃三是一夥兒，專門一同打牌，看戲，喝酒，跟女人，但是會得寫幾句洋八股，提倡國粹，得了社會上的稱讚，他便追隨俄國文豪高爾基改名為高爾礎，同時被賢良女學校聘為歷史教員，於是他便由老桿一躍而變為高老夫子了。在賢良女學校裡是另一夥兒，高老夫子遇見的大概是女校長的老兄，教務長萬瑤圃，在盛德乩壇上與什麼仙子唱和，別號「玉皇香案吏」的，這種雅號現今看了覺得稀奇古怪，但在以前在文人名士中間卻是很普通，有的稱為「幾生修得到客」，清末民初都實有其人，曾經活躍過一時的。著者把這兩群人分開來寫，但有地方也加上一點聯絡，是頗有意思的事。萬瑤圃見到高老夫子，「連連拱手，並將膝關節和腿關節接連彎了五六彎，彷彿想要蹲下去似的。」礎翁夾著書包，自然也照樣的做。等到上了半堂課，覺得教不下去，深感到世風之壞，決心辭職，戴上紅結子的秋帽，走向黃三家去，合謀局賭，在準備做豬的富翁兒子進來的時候，「滿屋子的手都拱起來，膝關節和腿關節接二連三的屈折，彷彿就要蹲了下去似的。」這重複不是偶然的，它表示出他們同樣的作風，是一夥兒的人物，但這種描寫也並不隨便亂說，實在有所根據，雖然看起來似乎可笑，像是虛構的諷刺。在鄉下有些浮滑少年的隊夥裡，常有這一類的動作，著者所說大概就是從經驗得來，因為在表弟兄中間有一位姓趙的，是魯老太太的從姊的兒子，乃是趙之謙的本家兄弟行，他的作揖就是那麼樣的。他號叫容孫，人頗漂亮，很早就搞照相，也能說話，有一回同魯老太太談話，外邊病痛很多，他說「可不是麼，今年人頭脆」，這句警句她後來時常提及。他在表兄弟中年歲最長，有人就受了他的影響，如大舅父家的延孫即其一人，著者那麼寫時可能有他們的影像出現在他的眼前吧。

一九　孤獨者

《孤獨者》這篇小說在集裡要算最長，共有五節，寫魏連殳後半生的事情。這主角的性格，多少也有點與范愛農相像，但事情並不是他的，而且除了第一段是著者自己的事情以外，也不能知道有什麼人是模型，這小說作於一九二五年，我們約略點查著者的朋友，似乎那中間找不著這樣的人，因為他那時的舊友我們是大概可以知道的。現在只就所知道的部份來說，第一節裡魏連殳的祖母之喪說的全是著者自己的事情。我們先來根據本文，說他在S城教書，家在寒石山，離城有旱路一百里，水路七十里，家裡只有一個祖母，病重時打發專差去叫，但在他到家以前祖母已經嚥了氣了。族長，近房，他的祖母的母家的親丁，閒人，聚集了一屋子；籌畫怎樣對付這承重孫，因為逆料他關於一切喪葬儀式是一定要改變新花樣的。聚議之後大概商定了三大條件，要他必行，一是穿白，二是跪拜，三是請和尚道士做法事。總而言之，是全都照舊。哪裡曉得那從村人看來是同他們都異樣的，那「吃洋教的新黨」聽了他們的話，神色一點都不動，簡單的回答道：都可以的。大殮之前，由連殳自己給死者穿衣服。「原來他是一個短小瘦削的人，長方臉，蓬鬆的頭髮和濃黑的鬚眉占了一臉的小半，只見兩眼在黑氣裡發光。那穿衣也穿得真好，井井有條，彷彿是一個大殮的專家，使旁觀者不覺嘆服。寒石山老例，當這些時候，無論如何，母家的親丁是總要挑剔的；他卻只是默默地，遇見怎麼挑剔便怎麼改，神色也不動。」入殮的儀式頗為繁重，拜了又拜，女人們都哭著念念有詞，連殳卻始終沒有落過一滴淚，只坐在草薦上，兩眼在黑氣裡閃閃的發光。大殮在這驚異和不滿的空氣裡面完畢，大家都怏怏的似乎想走散，但連殳還坐在草薦上沉思。「忽然，他流下淚來了，接著就失聲，立刻又變成長嚎，像一匹受傷的狼，當深夜在曠野中嚎叫，慘傷裡夾雜著憤怒和悲哀。這模樣，是老例上所沒有的，先前也未曾豫防到，大家都手足無措了，遲疑了一會，就有幾個人上前去勸止他，愈去愈多，終於擠成一大堆。但他卻只是兀坐著號咷，鐵塔似的動也不動。」這一段寫得很好，也都是事實，後來魯老太太曾說起過，雖然只是大概，但是那個大概卻是與本文所寫是一致的。著者在小說及散文上不少自述的部份，卻似乎沒有寫得那麼切實的，而且這一段又是很少有人知道的事情，所以正是很值得珍重的材料吧。

二〇　祖母

魯迅於清宣統己酉（一九〇九年）從東京歸鄉，在杭州的兩級師範學堂當教員，祖母歿於次年庚戌，等到病重打電報去，回來已不及見面了。紹興從西郭門至蕭山的西興鎮為一站，水路九十里，渡過錢塘江就是杭州了，在汽車火車沒有的時候，須要花費一天半的工夫。本文中說連殳在城裡，離家有水路七十里，旱路一百里，在事實上卻有點不合，因為從縣城出發，水旱路算在一起，只有西鄉臨浦有一百二十里，此外無論向著哪裡走，離縣城八九十里，便是鄰縣的地方了。西北往西興鎮，自城至「劉寵選錢」的錢清七十里，是本縣界內，過此也是蕭山縣屬，至於多有旱路的山鄉，那大都是在南面，在西南邊界的有名的日鑄嶺，也只是八十里的距離罷了。那寒石山的距離顯然只是代表杭紹的，那地方也別無特殊的色彩，看去還是與城內差不多。那一年我還沒有回國，所以關於祖母的喪事並無什麼見聞的事情可以補充，卻是相反的引了本文來用，這經過證明，相信是合於事實的。現在只就祖母的生涯略加說明，她母家姓蔣，住在陸放翁故居所在的魯墟，是介孚公的後妻，也是伯宜公的繼母。伯宜公的生母姓孫，本文說：「他三歲時候就死去了。」這個歲數我不知道準確否，但他生於咸豐庚申（一八六〇年），他的異母妹生於同治戊辰（一八六八年），比他小八歲，那麼大概的年歲也可以知道，至多不過四五歲吧。關於孫太君，本文第三節中有一段描寫，說小時候正月裡懸掛祖像，盛大的供養起來，看著這許多盛裝的畫像，在那時似乎是不可多得的眼福。「但那時，抱著我的一個女工總指了一幅像說：『這是你自己的祖母。拜拜罷，保佑你生龍活虎似的大得快。』我真不懂得我明明有著一個祖母，怎麼又會有什麼『自己的祖母』來。可是我愛這『自己的祖母』，她不比家裡的祖母一般老；她年青，好看，穿著描金的紅衣服，戴著珠冠，……我看她時，她的眼睛也注視我，而且口角上漸漸增多了笑影：我知道她一定也是極其愛我的。」這裡也影射出蔣太君做繼母的不幸的生涯，她自己沒有兒子，只生了一個女兒，出嫁後卻又早死了，在一群家人中間孤獨的生存著，這景況是很可悲的。那女人可能是阿長，她是一直看管前妻的兒女的，自然與後妻對立著，直到末了她的工作是在於這一方面的。但是造成祖母的不幸生活的還有一個大原因，這裡因為沒有關係，所以不曾說及，這即是她的被遺棄。她的生活是很有光榮的，她是「翰林太太」，也到知縣衙門去上過任，可是後來遺棄在家，介孚公做著京官，前後蓄妾好些人，末後帶了回去，終年的咒罵欺凌她，真是不可忍受的。在「百草園」中已有兩節文章講到她的事情，這裡就不再多說了。

二一　斜角紙

本文中所說給死人穿衣服，是鄉下的一種特殊的習俗，或者與別處不盡相同，在「百草園」中曾有說明，現在也從略了。本文第五節說到魏家的喪事，有幾點也是鄉下的習俗，如說門外貼著一張「斜角紙」，這至少是北方所沒有的。斜角紙用國語當云「殃榜」，主要的目的是標明死者的「殃」或云「煞」的種類日期，以便躲避，可是後來卻成為死喪的一種標示，看的人知道死者的性別和年歲，入殮時避忌那些生肖的人，雖然關於轉煞的事也寫在上面。這是由專門家來推定，應當是北方所謂「陰陽生」這種人吧。可是鄉下的名稱卻記不得了。這貼在喪家的門口，男左女右，照例是斜貼的，所以有「斜角紙」的名稱，到入殮後便揭下來燒掉了。入殮時避忌的生肖是四個一組，如本文中所說的「子午卯酉」，此外兩組乃是「辰戌丑未」與「寅申巳亥」，嚴格的講是在敲棺釘的時候，須要躲開，不可聽得見那聲音，但是有些都在蓋棺時就早退去了。「斜角紙」即「殃榜」上計算轉煞的方法，據《越諺》卷中說：系用死日干支依鬼谷子演算法，甲巳子午九，低次退數至五或四，如癸巳日干五支四，合而為九，名「九尺煞」，最凶；甲子日干九支九，合為十八，名「丈八煞」，最善，其日期亦按數計算，如「九尺煞」在死後九日，「丈八煞」為第十八日。「其神人首雞身，遇之沖死，依期由喪家竈囪而下，兒孫避宿柩邊，道士念經靈前。房竈皆設祭，往往祭餚吃動，灰倉有爪印，傾殮時浴水處起煞，戌來子去，道士左執雄雞簸箕，右敲秤桿逐之，兒孫遂各歸寢。」關於轉煞的事，自《顏氏家訓》以後說的不少，這要算是最近也最詳的了，本文中雖未講到，但「殃榜」上照例寫有網高一丈幾尺，所以這裡連帶的說明，或者這種習俗漸將澌滅，「斜角紙」的名稱也要不易懂得了。

二二　本家與親戚

上面所引本文裡說到聚集來籌畫喪事儀式的人，有族長，近房，祖母的母家的親丁，閒人等。這些都該實有其人，那時的族長，實在只是覆盆橋周氏這一派的房長，是致派勇房的颬園，通稱熊三老爺，系第十二世，魯迅的叔祖輩，他為人最和平，平常與人無忤，所以是不大會起什麼作用的。近房則立房早已斷絕，誠房也只有子傳太太，著者在《朝花夕拾》中稱為衍太太，彷彿是西太后一路的人，很可能有些主張，但是最重要的當然要推祖母的母家的親丁了。這人推想起來當是蔣氏大房的叔田，本來還有二房的伯厚，但那時恐已不在，這是祖母的內侄，他不比伯厚那麼迂執，但是有點尖刻，有點好作弄人的樣子，又加是「孃家人」的立場，其要出花樣也正是當然的了。大抵中國過去家庭中，夫婦姑媳的關係不大弄得很好，這時女人的倚靠便只有她的孃家人，在受欺侮時固然也是必要，可是日久成為不成文法，有時小題大作，或節外出枝的也並不是沒有，如把屍斑認為傷痕，加以研究爭論等事。這回大概也有類似的苛細的指摘，最初由著者忍耐沉默的對付過去了，等到事情平定之後，乃來了那驚天動地的大號慟，於是一場窒息的空氣如像在雷雨過後忽然的都被打破了。至於閒人，大抵也可能有，不過無從加以實指。第二節末了連殳說：「我父親死去之後，因為奪我屋子，要我在筆據上畫花押，我大哭著的時候，他們也是這樣熱心的圍著使勁來勸我……。」或者是他們也可能，但那位本家長輩在戊戌年卻已死了，關於這事這裡不再來說，因為在「百草園」中已有說及了。

二三　傷逝

《傷逝》這篇小說大概全是寫的空想，因為事實與人物我一點都找不出什麼模型或依據。要說是有，那只是在頭一段裡說：「會館裡的被遺忘在偏僻裡的破屋是這樣地寂靜和空虛。時光過得真快，……已經滿一年了。事情又這麼不湊巧，我重來時，偏偏空著的又只有這一間屋。依然是這樣的破窗，這樣的窗外的半枯的槐樹和老紫藤，這樣的窗前的方桌，這樣的敗壁，這樣的靠壁的板床。」第二段中又說到那窗外的半枯的槐樹的新葉，和樹在鐵似的老幹上的一房一房的紫白的藤花。我們知道這是南半截衚衕的紹興縣館，著者在民國初年曾經住過一時的，最初在北頭的藤花館，後來移在南偏的獨院補樹書屋，這裡所寫的槐樹與藤花，雖然在北京這兩樣東西很是普通，卻顯然是在指那會館的舊居，但看上文「偏僻入裡」云云，又可知特別是說那補樹書屋了。在「百草園」中有「補樹書屋舊事」一篇，說的較為詳細，今不復贅，現在只是說明本文中所說的破屋大概是什麼地方，或是那地方的影子罷了。至於這地方在本文中沒有什麼重要意義，說不說明本來並無關係，所以我們上面的話對於讀者是無甚用處的。但是我們的目的是在講說人地事物，在這裡只有地點可說，便來說幾句，真如成語所謂「聊以塞責」而已。

二四　弟兄

關於這篇故事，我沒有別的什麼考證，只是說這主要的事情是實有的。我在這裡且摘民國六年（一九一七）舊日記的一部份，這是從五月八日起的：

八日：晴。上午往北大圖書館，下午二時返。自昨晚起稍覺不適，似發熱，又為風吹少頭痛，服規那丸四個。

九日：晴，風。上午不出門。

十一日：陰，風。上午服補丸五個令瀉，熱仍未退，又吐。

十二日：晴。上午往首善醫院乞診，云是感冒。

十三日：晴。下午請德國醫生格林來診，云是疹子，齊壽山君來為翻譯。

十六日：晴。下午請德國醫生狄博爾來診，仍齊君譯。

二十日：晴。下午招匠來剪髮。

廿一日：晴。下午季茀貽菜湯一器。

廿六日：晴，風。上午寫日記，自十二日起未寫，已閱二星期矣。下午以小便請醫院檢查，云無病，仍服狄博爾藥。

廿八日：晴。下午得丸善十五日寄小包，內梭羅古勃及庫普林小說集各一冊。

我們根據了前面的日記，再來對於本文稍加說明。那地方是紹興縣館，本文中稱為同興公寓，但是那「高吟白帝城」的對面的寓客卻是沒有的，因為那裡是個獨院，南邊便是供著先賢牌位的什麼仰蕺堂的後牆。其次普悌思大夫當然即是狄博爾，據說他的專門是婦科，但是成為名醫，一般內科都看，講到診金那時還不算頂貴，大概出診五元是普通，如本文中所說。義大利的儒拉大夫要十二元，卻有流氓之稱，後來中國有一位林先生，向他看齊，晚上十點後加倍，那隻可算是例外了。請中醫來看的事，大概也是有的，但日記上未寫，有點記不清了，本文加上一句「要看你們府上的家運」的話，這與《朝花夕拾》中陳蓮河說的「可有什麼冤愆」互為表裡，著者遇到中醫是不肯失掉機會不以一矢相加遺的。其三，醫生說是疹子，以及檢查小便，都是事實，雖然後來想起來，有時也懷疑這恐怕還是猩紅熱吧。枉長白大到三十幾歲，沒有生過疹子，事情也少有，而且那紅疹也利害得很，連舌頭都脫了皮，是很特別的事。那時適值有人送一碗湯來，吃得特別鮮美，為生平所未有，日記上說是廿一日，正是發病後兩星期了。其四，本文中說取藥來時收到「索士寄來的」一本《胡麻與百合》，事實上乃是兩冊小說集，後來便譯了兩篇出來，都登在《新青年》上，其中庫普林的《皇帝的公園》要算是頂有意思。本文中說沛君轉臉去看窗上掛著的日曆，只見上面寫著兩個漆黑的隸書：廿七。這與日記上所記的廿八隻是差了一天。

二五　離婚

在這篇故事裡，只有關於地與人，我們可以來說幾句話。莊木三父女從木蓮橋頭坐航船，據船裡的人的口氣，這船是從鄉間往城裡去的，但他們的目的地乃是龐莊，這只有兩段路，因為木蓮橋頭過去是汪家匯頭，再其次便是龐莊了。木蓮橋本來是東郭門內的地名，即在春波橋之東，但這裡算作海邊的一村，如汪得貴恭維老木，說木叔的名字「這裡沿海三六十八村，誰不知道」，所以該在舊會稽屬的東北方面了。龐莊是什麼地方，很不容易推測，而且本來似乎也沒有研究的必要，但是這裡卻有一點線索，所以不妨推測一下，這大概是吳融吧。吳融本是唐朝的一個詩人，據說他的故居是在這村裡，所以留下這個名稱，一直傳到現在。本文中說龐莊快到了，那村口的魁星閣已經望得見。著者的大姑母嫁在吳融的馬家，每年去拜新年，坐了半天船，一望見魁星閣就知道要到了，起手準備換著禮服，即是清代的袍褂，講究一點還要穿上一雙緞靴。這種魁星閣各處多有，大抵是在河道拐彎的地方，或是什麼橋頭，想必是有什麼風水作用吧，但吳融的一個特別留下記憶，因為曾經多年作為一種目標，所以更是稔熟了。再從人的方面來說，也可以看出一點聯絡。七大人是一個土豪劣紳，不必有一定的模型，但在這裡我們猜想可能是含有著者的姑丈章介千的影子。事實上他是三大人，是道墟的土皇帝，新年往來看他穿著頂戴，捐有什麼府道銜吧，與當時做了很久的會稽縣知縣俞鳳岡頂要好，本文中說大的圓臉上長著兩條細眼和漆黑的細鬍鬚，說的也正對。小說裡所寫的十足的官派固然說的是他，但是關於玩漢玉的一節那卻是屬於別人，而其實又與吳融有關係的。這人是章采彰，也是道墟人，當然是介千的本家，但我們遇見他卻是在吳融，因為他也是馬家親戚，新年上總是在同一天來聚會的。他相貌頗魁梧，只是有一隻眼睛有點毛病，很能喝酒談天，我們稱他為采彰伯，都有點喜歡他，因為席上有他就不寂寞。他愛玩漢玉，總戴著一隻班指，有時拿出別的玉器來談論，主客都熱心的靜聽。本文中說七大人拿著一條爛石似的東西，在自己的鼻子旁擦了兩下，說道：「這就是『屁塞』，就是古人大殮的時候塞在屁股眼裡的。」這正是那時的談話，著者記憶了二三十年之久，便將它利用在這末篇的小說裡了。這樣說來，七大人裡邊混合有章介千采彰兩人，龐莊則是吳融，大概可以說得過去，雖然這些在整個故事上別無什麼關係，我們這些考據只是關於著者可以有點說明罷了。

二六　拆竈

本文中還有幾點鄉間的習俗，或者應當稍為說明。其一，八三說，去年我們將他們（莊木三的女婿家）的竈都拆掉了，總算已經出了一口惡氣，又汪得貴說，去年木叔帶了六位兒子去拆平了他家的竈，即是拆竈的一件事在鄉間的意義。從前聽安橋頭魯家的一個親戚，有著蜑船的「姚嘉福江司」（海邊人的尊稱）說過海村械鬥的情形，以拆竈為終結。無論是家族或村莊聚眾進攻，都是械鬥的性質，假如對方同樣的聚眾對抗，便可能鬧大，但得勝者的目的不在殺傷，只是浩浩蕩蕩的直奔敵人家去，走到廚下，用大竹槓通入竈門，多人用力向上一抬，那竈便即坍壞，他們也就退去了。似乎竈是那一家的最高代表，拆了竈便是完全坍台，如要恢復名譽，只有捲土重來，進行反攻，否則有人調停，即是屈服和解了。其次是莊木三在煙管上裝了旱煙，旁人從肚兜裡掏出一柄打火刀，打著火絨，給他按在煙斗上，木三點頭說，「對對。」這在鄉間是很普通的事，特別是拿了煙管吸著煙的人，兩個煙斗相對去點火的時候，習慣都是那麼的說。這或者如原注所說，「對不起對不起」之略，但多在煙管點火或斟酒的時候，用這簡略的形式，別的時候也並不然，不知道是什麼緣故。其三是罵人的話，如逃生子，賤胎，娘殺，娘濫十十萬人生，皆是。方言稱女人私通為「濫人」，其餘也不悉解釋了。

二七　狗

《朝花夕拾》的著作年月是在《徬徨》之後，接下去也想寫些衍義的文章，但是翻看一遍，覺得沒有什麼可說，因為去年所寫的「百草園」差不多可以說是「朝花夕拾衍義」，要說的話已有十之八九都寫在那裡了。話雖如此，遺漏的部份也還有些，就把它寫了出來，反正並不多，不再另立題目，附在這裡，大概有幾節未能預定，也就寫到哪裡是哪裡罷了。

第一篇文章的題目是「狗，貓，鼠」。可是文章的內容實在是說的貓和老鼠，這裡和《吶喊》裡的那篇《兔和貓》有點關係，著者要說明他的「仇貓」的原因，但是描寫的重心卻還是落在老鼠的身上。至於狗，那實在是陪客，恐怕因了那張打落水狗圖而引出來的。這與本題本文沒有多大關係，但在著者寫本文的那時候卻是很有意義，我們在這裡不得不費點工夫來略為說明一下。一九二五年秋天，許壽裳辭了北京女師大校長之職，推薦楊蔭榆繼任，因為聽說她是個教育專家，美國留學回來的，可是與學生們相處得很不好，為她們所反對，她也不肯幹休，相持不下。教員方面聽到校長高壓的手段感覺不滿，魯迅等人便在《語絲》週刊上有些批評的文字，在那一方面有「研究系」的《晨報》和北大一部份教授所辦的《現代評論》出來對敵，成為一個長時期的爭鬥。辦《現代評論》的人都是留英美學生，大部份住在東吉祥衚衕，在北大稱為「東吉祥系」，在刊物上的代言人則是陳源教授，他用西瀅的筆名，每期在「閒話」的總題下，冷嘲熱諷，旁敲側擊的說話。他所說的很多，最有名的是說女師大風潮有教員在內挑撥，卻說是「挑剔風潮」，這已成為典型的警句了。《晨報》則天天給「東吉祥系」鼓吹，說有許多正人君子，名人名教授，組織公理維持會，主持正義，擁護楊校長，這些文句後來也常見於魯迅的文章中，也有古典的性質了。楊蔭榆去職後，有人勸告停止論爭，魯迅卻主張要徹底的幹，便是落水狗也還要打，因為以前曾比那些名人為叭兒狗，所以這話說得有點雙關，有人還畫為漫畫，登在《語絲》上面。這回講貓而連帶的說狗，也就是個方便，來發揮一通意見，在別篇中也是常常可以見到的。

二八　老鼠

本文說明著者仇貓的原因，即是在於愛老鼠。這裡邊有幾段很好的描寫，其一是說花紙上的老鼠的。「我的床前就帖著兩張花紙，一是『八戒招贅』，滿紙長嘴大耳，我以為不甚雅觀；別的一張『老鼠成親』卻可愛，自新郎新婦以至儐相，賓客，執事，沒有一個不是尖腮細腿，像煞讀書人的，但穿的都是紅衫綠褲。我想，能舉辦這樣大儀式的，一定只有我所喜歡的那些隱鼠。」其次是說老鼠數銅錢的事。「老鼠的大敵其實並不是貓。春後，你聽到它『咋！咋咋咋咋！』地叫著，大家稱為『老鼠數銅錢』的，便知道它的可怕的屠伯已經光降了。這聲音是表現絕望的驚恐的，雖然遇見貓，還不至於這樣叫。」說也奇怪，老鼠遇見貓還會得逃跑，一看見蛇卻震驚失常，欲走不能，欲叫不得，故急迫而咋咋（即是吱吱的入聲）作聲，猶人之口吃，只是竦立著，旋即被蛇所纏束住了。俞曲園在《茶香室續鈔》中也說及鼠數錢，云俗云「朝聞之為數出，主耗財；暮聞之為數入，主聚財」，似不知此乃是它的絕命的悲號似的。中國舊日通行銅錢，交付時必須計數，除一五一十羅列几案或地上之外，大抵兩手持數，亦以五文為一注，自右至左，錢相觸有聲，說及數錢便各意會，今銅錢已盡廢，便比較的費解了。所說馴養隱鼠原系事實，但本文中說先聽見它的數錢聲則屬於詩化分子，因為會得咋咋的叫乃是「大個子的老鼠」的事，那只有拇指那麼大的是不可能那樣發出大聲來的。而且說大個子嚙破了箱櫃，偷吃了東西，不是小鼠的事，這也不全與事實相符，那種隱鼠雖是樣子可愛，毀壞對象也很利害，只是不能厲聲咬木頭而已。這又名「二十日鼠」，有地方相信它懷胎四星期就生產，一年裡生四五窠，繁殖力很強，實在也是害蟲之一。這在古書上稱為「鼷鼠」，又稱「甘口鼠」，嚙人有毒，可是不覺得痛，現在已無此名，但人夜中偶被鼠咬，可能就是它們所幹的事。

二九　阿長與山海經

關於阿長即長媽媽的事情，本文中說的很詳細了，因為自從有知識以來我便跟著祖母，住在小堂前的東偏房內，和她一直是隔絕的，所以沒有什麼話可以補充來說。我於戊戌（一八九八年）夏從杭州回家，至辛丑（一九〇一年）秋往南京，在鄉下一直住了三年間，己亥四月長媽媽因發顛癇卒於舟中，我都在場，這些事已另行記下，收在「百草園」裡了。那木刻小本的《山海經》的確是她所送的，年代當然不能確說，可是也約略可以推得出來。本文中說這在隱鼠事件以後，但實在恐怕還在以前，因為馴養隱鼠是在癸巳（一八九三年）的次年，時代不很早了。小堂前以西的前後房原是伯宜公的住處，癸巳春介孚公丁憂回家，這才讓出來給他，伯宜公自己移到東偏的末一間裡去了。未幾介孚公因科場事下獄，潘姨太太和介孚公的次子伯升也搬到杭州去了，這大概是次年甲午的事，那房間便空閒著，魯迅在那朝北的後房窗下放了一張桌子，放學回來去閒坐一會，養隱鼠就是在那裡，這記憶很是明瞭，所以這事總不能比甲午更早。那時他已在三味書屋讀書，也已從舅父家寄食回來，描畫過《蕩寇志》繡像，在那裡見到了石印《毛詩品物圖考》，不久也去從墨潤堂書坊買了來，論年紀也已是十四歲了。那木刻小本的《山海經》，如本文所說，「這四本書，乃是我最初得到，最為心愛的寶書」，這完全是對的，但這時期應該很早，大概在十歲內外才對。著者因為上文有那隱鼠事件，這裡便連在一起，這大抵是無意或有意的詩化，小引中說與實際容或有些不同，正是很可能的。

三〇　山海經與玉田

本文中說自己渴慕著繪圖的《山海經》，這渴慕是從一個遠房的叔祖惹起來的。「他是一個胖胖的，和藹的老人，愛種一點花木，如珠蘭茉莉之類，還有極其少見的，據說從北邊帶回去的馬纓花。他的太太卻正相反，什麼也莫名其妙，曾將曬衣服的竹竿擱在珠蘭的枝條上，枝折了，還要憤憤地咒罵道：『死屍！』（這是鄉下女人罵人的常用語。）這老人是個寂寞者，因為無人可談，就很愛和孩子們往來，有時簡直稱我們為『小友』。在我們聚族而居的宅子裡，只有他書多，而且特別。制藝和試帖詩，自然也是有的；但我卻只在他的書齋裡，看見過陸璣的《毛詩草木鳥獸蟲魚疏》，還有許多名目很生的書籍。我那時最愛看的是《花鏡》，上面有許多圖。他說給我聽，曾經有過一部繪圖的《山海經》，畫著人面的獸，九頭的蛇，三腳的鳥，生著翅膀的人，沒有頭而以兩乳當作眼睛的怪物，……可惜現在不知道放在那裡了。」上邊所說的人是實在的，他屬於致派下的仁房，與介孚公是同曾祖的兄弟行，小名藍，魯迅一輩稱他為藍爺爺，名兆藍，字玉田，是個秀才，後來改從介孚公的「清」字排行，易名瀚清，字玉泉，別字琴逸，於戊戌夏病卒。他給予魯迅的影響大概是很不小的，這裡雖然說的只是關於圖畫的，但這也就延長及於一般書籍，由《點石齋叢畫》和《詩畫舫》，由《爾雅音圖》和《毛詩品物圖考》，不久轉為二酉堂叢書和《六朝事跡類編》等了。玉田的遺書現在只有一部小本《日知錄集釋》，一冊魯迅手抄的《鑑湖竹枝詞》，末尾小字寫著「侄孫樟壽謹錄」，可以知道他對於這老人的敬意，雖然在前一年丁酉催他在筆據上畫花押（見《孤獨者》第二節）的本來也就是這人，這時候似乎也暫時付之不論了。

三一　搖咕咚

《二十四孝圖》這篇文章批評了這本蒭書，如用了俞理初的話來說，乃是愚儒與酷儒的著作，但在中國過去卻是教孝的經典，說是「有朱文公之稱的」朱熹所編定的。著者重重的打擊了老萊娛親和郭巨埋兒這兩件事，特別和圖畫連起來說，我們現在也只就這一點來談一下吧。郭巨的不近人情，從前也有人批評過，老萊子在古書上只說是為親取飲，上堂腳跌，恐傷父母之心，僵僕為嬰兒啼，後人變本加厲，卻說他是詐跌僕地，不但詐偽不道德，也實在很是肉麻。可是湊巧，在這兩幅圖畫上有一個共同之點。「我至今還記得，一個躺在父母跟前的老頭子，一個抱在母親手上的小孩子，是怎樣地使我發生不同的感想呵。他們一手都拿著『搖咕咚』。這玩意兒確是可愛的，北京稱為小鼓，蓋即鼗也，朱熹曰：『鼗，小鼓，兩旁有耳，持其柄而搖之，則兩耳還自擊，』咕咚咕咚地響起來。然而這東西是不該拿在老萊子手裡的，他應該持一枝枴杖。現在這模樣，簡直是裝佯，侮辱了孩子。我沒有再看第二回，一到這一葉，便急速地翻過去了。」搖咕咚是鄉下小孩的玩具，這是很普通的東西，大概各地方都有，一定也有很好的名字，就只可惜我不知道，也要怪古來拿筆桿的多是正統文人，不曾給我們記錄一點下來。小時候在書房裡讀《論語》，至《微子第十八》太師摯適齊這一章，一大班樂官風流雲散，大有寂寞之感，可是在「播鼗武，入於漢」之下，讀朱注那一段，又不禁微笑，因為那裡解釋搖咕咚形容得恰好，雖然平常不喜歡朱文公，這裡也不無好感了。著者特地引他那一段注，大抵也是這個意思。但是這裡我們卻是有點上了當了。因為那幾句原來是宋初邢昺的《論語疏》的話，他其實還是從漢末鄭玄的《周禮注》裡抄來的。上文只說到老萊子，還有郭巨的那一張畫，本文云：「至於玩著『搖咕咚』的郭巨的兒子，卻實在值得同情。他被抱在他母親的臂膊上，高高興興地笑著；他的父親卻正在掘窟窿，要將他埋掉了。」下文固然是「及掘坑二尺，得黃金一釜，上云：天賜郭巨」，但也可能是什麼都不見，結果是「連『搖咕咚』一同埋下去，蓋上土，踏得實實的，又有什麼法子可想呢」？這兩件可以說是搖咕咚的悲劇和喜劇，想起來實在是很有意義的，就只是以前少有人注意罷了。

三二　東關

五猖會究竟是怎麼一回事，我全不知道，只知道東關地方有五猖廟，一年要有一回迎會，非常熱鬧。東關在東郭門外，離城七十里，在運河的東頭，只隔十里便是曹娥，過江是上虞縣界了。往這樣遠隔的地方，花費三兩天工夫，僱了船隻，備了伙食，前去看會，是不大可能的事，但這一回卻是特別的，因為有特別的機緣。著者的小姑母就是祖母蔣太君的女兒，嫁在東關金家，有一年來叫她內侄去看五猖會，所以能夠去，年代也約略可以有個猜想。她生於同治戊辰（一八六八年），在光緒壬辰（一八九二年）生了一個女兒，於甲午（一八九四年）去世。出嫁年分大概是在己丑或庚寅，因為她人很和藹，內侄們非常喜歡她，在她上轎的時候他們還嚷著要跟了去，這事我後來記憶著，因此推算那時總該有六七歲了吧。若是己丑，可能庚寅來邀看會去，那時魯迅當是十歲，本文說是七歲的時候，那該是丁亥年，她出嫁當是前一年丙戌，那麼我還不到滿兩歲，便不可能有什麼記憶留存下來了。我們可以推想，本文那麼說乃是為得背誦《鑑略》的方便，因為那「粵自盤古生於太荒」很是好玩，十歲時便至少讀的是《論語》了。還有一層，去看會的只是魯迅一人，七歲的時候也便不可能，鄉下一般家風到出嫁的女兒家去的只有兄弟最是合法，自然內侄也行，至於鄉下親媽上城裡，或是翻轉過去，都是有點可笑，那時伯宜公既然不去，去的自然只是他和長媽媽或是閏土的父親而已。本文說船椅飯菜茶炊點心合子，都搬下船去，好像是準備闔家去看的樣子，實在只是要寫得熱鬧，後面也就沒有提及了。背書這一節是事實，但即此未可斷定伯宜公教讀的嚴格，他平常對於功課監督得並不緊，這一回只是例外，雖然他的意思未能明瞭。

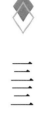

三三　迎會

本文中關於五猖會的情形什麼也沒有寫，但是在前面卻說到普通的迎會，這大概就是在東昌坊口所看見的。「開首是一個孩子騎馬先來，稱為『塘報』；過了許久，『高照』到了，長竹竿揭起一條很長的旗，一個汗流浹背的胖大漢用兩手託著；他高興的時候，就肯將竿頭放在頭頂或牙齒上，甚而至於鼻尖。其次是所謂『高蹺』，『抬閣』，『馬頭』了；還有扮犯人的，紅衣枷鎖，內中也有孩子。」這裡可以略加補充。諸神照例定期出巡，大約以夏秋間為多，通稱迎會，出巡者普通是東嶽，城隍，張老相公即海神，但有時也有佛教方面的，如觀音菩薩。迎會之日，在城內先挨家分神馬，午後各鋪戶於門口設香燭以俟。會夥最先為開道的鑼與頭牌，次為「塘報」，繼以「高照」即大纛，高可二三丈，用綢緞刺繡，中貫大毛竹，一人持之行，四周有多人拉縴或執叉隨護，重量當有百餘斤，而持者自若，時或遊戲，放著肩際以至鼻上，稱為「嬉高照」。有「黃傘」制亦極華麗，不必儘是黃色，但世俗如此稱呼，此與「高照」同，無定數，以多為貴。次有音樂隊，名曰「大敲棚」，木棚雕鏤如床，上有頂，四周有簾幔，流蘇，棚四角有人肩舁以行，樂人在內亦且走且奏樂，樂器均縛置棚中。昔時有「馬上十番」，似早已不用，未曾見過。有「高蹺」，略與他處相同，所扮有滾凳，活捉張三，皆可笑，又有送夜頭一場，一人持櫳篩，上列燭台酒飯碗，無常鬼隨之。無常鬼有二人，一即活無常，白衣高冠，草鞋持破芭蕉扇；一即死有分，如《玉歷鈔傳》所記，民間則稱之曰死無常。活無常在這裡乃有家屬，其一曰活無常嫂嫂，白衣敷脂粉，為一年青女人，其一曰阿領，云是拖油瓶也，即再醮婦前夫之子，而其衣服容貌乃與活無常一律，但年歲小耳。此一行即不在街心演作追逐，只迤行來，亦令觀者不禁失笑。抬閣飾小兒女扮戲曲故事，或坐或立，抬之而行，又有騎馬上者，古時皆以成人扮演，後來則只用少年男女，大抵多是吏胥及商家，各以衣服裝飾相炫耀，舊家子女少有參加者。若出巡者為東嶽或城隍，乃有扮犯人者，但據范寅《越諺》所說，似在張老相公出巡時亦有之。隨後乃是「提爐隊」，多人著吏服提香爐，焚檀香，神像即繼至，坐顯轎，從者擎遮陽掌扇，兩旁有人隨行，以大鵝毛扇為神招風。神像過時，婦孺皆膜拜，老嫗或念誦祈禱，餘人但平視而已。其後有人復收神馬去，殆將聚而焚送，至此而迎會的事就完畢了。上文是十年前所寫《關於祭神迎會》中的一節，後面說到水鄉的划龍船，是那裡迎會的重要節目，因為與本文無關，所以也就略掉了。

三四　無常

這篇說活無常的絕妙的好文章乃是從五猖會引申出來的，因為起首講的便是迎會的情形。「迎神賽會這一天出巡的神，如果是掌握生殺之權的，……就如城隍和東嶽大帝之類，那麼，他的鹵簿中間就另有一群特別的腳色：鬼卒，鬼王，還有活無常。這些鬼物們，大概都是由粗人和鄉下人扮演的。鬼卒和鬼王是紅紅綠綠的衣裳，赤著腳；藍臉，上面又畫些魚鱗，也許是龍鱗或別的什麼鱗罷，我不大清楚。鬼卒拿著鋼叉，叉環振得琅琅地響，鬼王拿的是一塊小小的虎頭牌。據傳說，鬼王是隻用一隻腳走路的；但他究竟是鄉下人，雖然臉上已經畫上些魚鱗或者別的什麼鱗，卻仍然只得用了兩只腳走路。所以看客對於他們不很敬畏，也不大留心，除了念佛老嫗和她的孫子們」。這些鬼卒，記得小時候聽見人家叫做海鬼，那麼他們或者與水族有關也未可知，這是臉上有魚鱗的原因吧。下文說到活無常道：「至於我們——我相信：我和許多人——所最願意看的，卻在活無常。……只要望見一頂白紙的高帽子和他手裡的破芭蕉扇的影子，大家就都有些緊張，而且高興起來了。」關於他的形狀和行動，本文裡說得很詳細，後記的附圖中間還有一幅著者所作的略畫，描寫出他所看見的與書本不同的特別的印象。他在小時候描畫過許多繡像以及各種畫本如《詩中畫》等，但是自己所畫的還只有這一幅，所以也是很可珍重的，可惜的是這只表現出「那怕你銅牆鐵壁」這一時的神氣，那蹙緊雙眉，捏定破芭蕉扇，臉向著地，鴨子浮水似的跳舞起來那種更特殊的場面卻未能畫了出來。但是本文中在「大戲」裡出現的活無常的描寫實在很是出色，真足夠做他永久的紀念，此外只有一篇《女吊》可以相比，那是寫大戲裡的「跳吊」的，雖然是收在《且介亭雜文末編》中，寫作的年代大約已經相差得很有點遠了。

三五　百草園和三味書屋

《從百草園到三味書屋》這篇文章篇幅不長，可是內容很豐富，解說起來須要幾倍長的字數才成，現在我們卻不來這樣做，因為我在《魯迅的故家》裡的「百草園」裡已經寫了若干節，大概都說過了。這裡便是說明一句就算了，關於園可看「百草園」第四至第十節，關於書屋看第三七至四一節，又參考「園的內外」第九至十二各節。

附記

關於三味書屋名稱的意義，曾經請教過壽洙鄰先生，據說古人有言，「書有三味，」經如米飯，史如餚饌，子如調味之料，他只記得大意如此，原名以及人名已忘記了。又說：那四字原是梁山舟手筆，文曰「三余書屋」，經他的曾祖改名「三味」，將「余」字換去，但如不細看，也並看不出什麼挖補的痕跡。

三六　父親的病

關於伯宜公的病，「百草園」內有第六二節《病》，以及「園的內外」第十四節《三個醫生》，都已說及了。那一篇《病》本來應當列為第三一節，誤排在後面，所以與前後沒有什麼聯絡。這裡要補充的只是伯宜公的生卒年月，他生於清咸豐庚申（一八六〇年）十二月二十一日，卒於光緒丙申（一八九六年）九月初六日，年三十七歲。

三七　S城人

《瑣記》一篇裡所說的事可以分作前後兩截，前截說衍太太的事情，後截說南京的學堂。衍太太是平水山鄉的出身，可是人很能幹，卻又幹的多是損人不利己的事，這在本文裡已經說的夠明白了，雖然如前一章裡說她指揮叫喊臨終的父親，那在舊時習俗上是不可能有的，我們在「百草園」中也曾加以說明。拿春畫給小孩看，一方面輕侮他的無知，一方面含有來斲傷他天真的意思，在事實上可常碰到，森鷗外在他的自敘小說《性的生活》（Vita Sexualis）中記著同樣的事情。獎勵小孩轉旋，到跌倒時又說風涼話，亦是事實，那受害人即是玉田的兒子仲陽，他比她的兒子鳴山小一歲，是光緒丁丑（一八七七年）生的。勸告著者尋找什麼珠子賣錢當然是事實吧，但是我不知道，因為丁酉至戊戌是在杭州，在閏三月十二三日他走過杭州，便往南京去了。本文中說預備離開家鄉，其理由是因為「S城人的臉早經看熟，如此而已，連心肝也似乎有些瞭然。總得尋別一類人們去，去尋為S城人所詬病的人們，無論其為畜生或魔鬼」。這裡他表示出對於庸俗的鄉人的憎惡，這是無怪的，S城人的確有些惡質，雖然一半因為熟知的緣故，所以如此感覺也未可知。學堂誠然為S城人所詬病，可是這裡邊的人和他們究竟相去有多遠，那也就很難確說吧。

三八　學堂

說到學堂，第一提及的是紹興的中西學堂，這是會稽徐氏所創辦的，雖然是故鄉的事情，卻是記不周全了，只知道是徐仲凡主持其事而已。徐氏兄弟一名友蘭，曾編刻越中先正遺書四集，此外又刻好些書，曾見過一小冊書目，在大街水澄橋下墨潤堂書莊發售，可惜除了鑄學齋叢書和文林綺繡以外都記不得了。一名樹蘭，即仲凡，他同了別人辦起中西學堂，後來改為府學堂，光緒甲辰（一九〇四）記得曾去看一個在那裡讀書的本家，那時徐伯蓀正在做監學，還親自教著兵操，大概在第二年他便往日本留學去了。學堂裡教算學以至格致還不要緊，因為這可以算古已有之的東西，唯獨洋文最是犯忌，中西學堂以此成為眾矢之的，熟讀聖賢書的秀才們，還集了四書的句子，做一篇八股文來嘲誚它，這名文起講的開頭云：「徐子以告夷子曰：吾聞用夏變夷者，未聞變於夷者也。今也不然：鴂舌之音，聞其聲，皆雅言也。」雖然這文章的全本不曾流傳下來，很是可惜，但這一節也很精采，可見一斑，其運用徐子夷子的地方尤見匠心，正是非斲輪老手不辨。南京的學堂不但教授夷語，而且有些根本上就是武備性質的，S城人自然更要看不起，所以當著者進了南京學堂的時候，本家叔伯輩便有人直斥之曰，「這乃是兵！」因為好男不當兵，這就十足表示其人之不足道了。

三九　南京

魯迅往南京去，第一個進去的學校是江南水師學堂，「光復以後，似乎有一時稱為雷電學堂，很像《封神榜》上『太極陣』『混元陣』一類的名目。」他於戊戌春間進去，大概不到一年便出來了，於己亥改進了江南陸師學堂裡附設的礦路學堂。水師學堂設在儀鳳門裡，那桅杆和煙通的確很高，雖然桅杆二十丈高恐怕也還不到。本文中說一星期中功課，幾乎四整天是英文，一整天是讀漢文，一整天是做漢文，但在辛丑（一九〇一年）我進校去的時候，這已有改變，成為五整天是洋文，一整天是漢文了。前後相差兩年，情形稍有不同，但我所知道的只是辛丑以來的事情，便根據了來作補充說明。不久以前曾寫有《學堂生活》二十四節，就記憶所及，關於水師學堂略有記述，今便附於卷末，以資參考。本文中說離開水師學堂的原因，只籠統的道：「總覺得不大合適，可是無法形容出這不合適來。現在是發見了大致相近的字眼了，『烏煙瘴氣』，庶幾乎其可也。」這烏煙瘴氣的具體說明可以在《學堂生活》第十八九兩節找到，這裡便可省得複述了。

四〇　南京二

江南陸師學堂在鼓樓以北，地名三牌樓，與格致書院望衡對宇，離水師亦不甚遠，但系是小路，雨後不好行走。魯迅進去的時候，總辦是錢德培，據說原是紹興「錢店官」，不知何以通德文，為候補道中之能員，其後是俞明震，則稱為新派，坐在馬車裡看《時務報》，因此學堂裡的烏煙瘴氣就要好得多多了。礦路學堂的功課以開礦為主，造鐵路為副，都用本國文教授，三年畢業，但是隻辦了一班，在辛丑冬季畢業後就停辦了。他的同班中有張協和名邦華，芮石臣名體乾，後改姓名為顧琅，這兩個是和他同一房間住的，伍習之名崇學，劉濟舟名乃弼，楊星生名文恢，又丁耀卿忘其名，於畢業前病故，此外的人就全不知道了。魯迅在南京曾寫有日記，後來大概已散失，我所記憶的只是一兩件事，如有一天騎馬疾馳，從上邊跌下來，磕斷了牙齒，又有一回夜中起來喫茶，不料茶壺嘴裡躲著一條小蜈蚣，舌尖被螫了一下，但不知道是什麼時候的事情了。

我於辛丑八月初六日到南京，至壬寅二月十五日魯迅往上海轉赴日本東京，在這半年中間，就舊日記中略抄有關事項，雖都是瑣事，卻也是一種數據吧。

辛丑，八月廿四日星期日：晴。上午獨行至陸師學堂，適索士星期考試不值，留交《花鏡》三本。

九月初一日星期六：晴。下午索士來，留宿。

初二日星期日：陰。上午謝西園（陸師）來，與索士升叔同往下關，至城外遇阮立夫（水師），邀之同去，至江天閣飲茶，午回堂，飯後西園及索士均去。

廿九日星期六：晴。謝西園來，云礦路學生於廿七日往句容，索士亦去。

十月初十日星期三：晴。下午索士來，云昨日始自句容回，袖礦石一包見示，凡六塊，鐵三，銅二，煤一。（本文中說到第三年我們下礦洞去看，即是指這一回的事。）

十一月二十六日星期日：晴。晨步至陸師學堂，同索士閒談，午飯後回堂，帶回《世說新語》一部，雜書三本。

十二月十三日星期三：陰。上午閒坐，索士來，帶來書四部。午拜孔子，放學，予等十二人皆補副額。午飯後同索士至下關，行經儀鳳門，小雨，亟返。下午索士回去。

看《包探案》，《長生術》二書。夜看《巴黎茶花女遺事》，又約略翻閱《農學叢刻》一過。

王寅，正月十二日星期二：陰。下午索士來，交書箱一隻，籃一隻，云二月中隨俞總辦往日本，定明日先回家一行。

二月初八日星期一：晴。晨索士自家來，帶來書甚多。中有石印漢魏叢書，鉛印《徐霞客遊記》，《板橋詩集》，《剡錄》，譚壯飛《仁學》等。索士留住，次日午後去。

十一日星期四：陰，上午細雨。下午四時索士來，帶來昨日在城南所買對象，計鞋一雙，（價洋五角，北門橋老義和售，黑絨面圓頭薄底，頗中穿，）扇面扇骨一副，筆二枝，又有《琴操》，《支遁集》一本，云從舊書攤以百錢購得者。夜索士重訂《板橋集》，閒談至十時後睡。

十二日星期五：陰雨。晨索士去。下午索士又至，在堂吃晚飯，云同學今日集會，留之不得，冒雨而去。

這以後的有些事情在「魯迅在東京」中已曾說及。見第三三節以下，茲不復贅。魯迅的南京同學，據我所知道只有張邦華君尚健在，當時的事情問他當可知道些，以前知道他住在北京西城松鶴庵，不知現在還在那裡否。

四一　留學生會館

著者預備往東京去留學，先去請教一位到過日本遊歷的前輩同學，便上了一個大當。第一，要多帶中國白布襪，我想這或者未必實行，因為在南京早已穿洋襪子了。第二，紙票不如換了硬幣去，當時中國只用銀洋，覺得紙幣靠不住，要換現錢，這是可能的事。到了那裡，先在弘文學院肄業二年，教的是日語以及一般中學程度的科學，在魯迅和許壽裳（杭州求是書院）那些進過學堂的人這都可以無須，只要補習語學就行了，可是沒有這種規定和裝置，平常預備學校都是為那隻讀聖賢書的文章和秀才們而設的，算術從加減乘除，英文從愛皮西地教起，他們也只好屈尊奉陪上兩年，拿到畢業證書，才可以升學到專門高等學校裡去。這兩年裡所遇到的各處留學生，雖然不是S城人，卻也不大高明，特別是那「清國留學生」的速成班，成群結隊的到處都是，「頭頂上盤著大辮子，頂得學生制帽的頂上高高聳起，形成一座富士山。也有解散辮子，盤得平的，除下帽來，油光可鑒，宛如小姑娘的髮髻一般，還要將脖子扭幾扭。實在標緻極了。」留學生有一個會館，招牌上倒是寫著「中國留學生會館」，本文中云：「門房裡有幾本書買，有時還值得去一轉；倘在上午，裡面的幾間洋房裡倒也還可以坐坐的。但到傍晚，有一間的地板便常不免要咚咚咚地響得震天，兼以滿房煙塵鬥亂；問問精通時事的人，答道，『那是在學跳舞』。」這會館在神田的駿河台上，與魯迅在本鄉的寓居只隔著一條叫做外濠的河，渡過御茶水橋，向右拐彎，走上坡去就是。在門房裡有人寄售漢文書報，有時去看一下，後來神田的神保町有了群益書社和中國書林，也就不再去了。留學生多是「富士山」，會館又是留學生的聚處，對於它自然也沒有什麼好感，只是在徐伯蓀安慶案發時，因為在那裡有中國報紙，所以乘上午人少的時候跑去翻看，但這也是一個短時期，而且在他離開仙台，又回到東京來之後了。

四二　仙台

魯迅在東京看厭了清國留學生，便決計離開那裡，到日本東北方面的仙台，進醫學專門學校去。當時學制規定，大學的醫學部要官立高等學校畢業的才能入學，平常中學畢業程度只好入專門學校，肄業年限也是四年，畢業後可以做醫生，就只是沒有醫學士的名號。著者學醫的志願是起因於父親的病為江湖醫生所誤，所以想學了將來給人治病，彌補這個缺恨，在南京時學科別無選擇的自由，這回卻可以如願了。本來在去東京不遠的千葉市，也有醫學專門學校，是同樣的組織，但是裡邊有些中國留學生，他覺得有戒心，便索性走得遠一點，到奧羽地方去吧，雖然天氣是冷得很。這種意思在別人也有過，如顧孟餘從前在德國留學，這話是魯迅所說，從齊壽山那裡聽來的，他獨自走到明興去，那即是世間依照英文稱為「慕尼黑」的地方，因為那裡沒有中國的學生。但是他不久就失望了，不但來了一個同鄉，而且還在黃色的臉上戴了一副金色的假髮，這模樣實在不很好看。魯迅的事情是不同的，他在電影上看見了中國人，一個將做示眾的材料，多數則賞鑒著，這不但使得他不能在仙台安住，而且還改變了他學醫的志願，便中止學醫而決心去搞文學了。他第二次回到東京，作了幾年準備，刊行《新生》雜誌的計劃雖然沒有成功，但是印出了兩冊《域外小說集》，可以算是後來翻譯著作的工作的發軔。關於那一段落，有「魯迅在東京」一篇三十五節略有記述，附在「百草園」的後面，至於在仙台的期間沒有第二人知道，我們只能憑他自己所寫的這一點，因此本文《藤野先生》部分我們別無什麼可說，上邊所說的都是些枝節的話罷了。

四三　范愛農

本文起頭說徐伯蓀刺安徽巡撫恩銘的事，這事件發生於清光緒丁未（一九〇七年）五月二十六日，那時著者正住在本鄉湯島二丁目的伏見館裡，蔡孑民的兄弟蔡谷清夫婦大概也剛到來，由邵明之介紹，住在對面房間裡，明之也可能常來閒坐談天。魯迅本來是不到同鄉會的，這回特別跑去，所說范愛農的情形正如本文所說，但事實上他似乎不是和愛農有相反的意見，只是說愛農的形狀，態度，說話都很是特別罷了。那時激烈派不主張打電報，理由便是如愛農所說，革命失敗，只有再舉，沒有打電報給統治者的道理，痛斥也無用，何況只是抗議呢。其時梁任公一派正在組織政聞社，蔣觀雲也參與其間，他便主張發電報，要求清廷不亂殺人，大家都反對他，范愛農的話即對此而發的。魯迅與許壽裳平時對於那同鄉前輩（雖然是隔縣）頗有敬意，此後就有了改變，又模仿他以前贈陶煥卿的詩加以諷刺。原詩有「敢云吾發短，要使此心存」一聯，乃改為「敢云豬叫響，要使狗心存」。因為會場上他說「便是豬被殺時也要叫幾聲」，又說到狗，那時魯迅回答說，豬隻能叫叫，人不是豬，該有別的辦法。所以在那同鄉會的論爭上，魯迅與范愛農的立場乃是相同的，不過態度有點不同。往橫濱埠頭去招待那一群人，所說的情形也當是事實，其時還在著者往仙台去之前，年代當是光緒乙巳（一九〇五年），徐伯蓀幾個人進不去陸軍預備學校，便即回國，捐了候補道往安徽去，范愛農則是留下在那裡求學的人之一吧。

四四　哀范君

魯迅與范愛農後來正式相識是在辛亥那一年，二人一見如故，以後便常往來。光復後，王金發建立了紹興軍政分府，維持公立的中等學校，請魯迅去當師範學堂（王子一月南京政府成立，始由教育部命令一律改稱學校）的校長，范愛農為教務長。師範學堂在南街，與東昌坊口相去只一箭之路，愛農常於辦公完畢後走來，戴著農夫所用的卷邊氈帽，下雨時候便用釘鞋雨傘，一直走到裡堂前，坐下談天，喝著老酒，十時以後才回堂去。不過這個時期不很長久，到第二年春天魯迅被蔡孑民招往南京教育部，辭去校長，范愛農也就不安於位，隨即去職了。舊的紙護書中不意儲存著一封范君的信，很有參考的價值，其文如下：

「豫才先生大鑒：晤經子淵暨接陳子英函，知大駕已自南京回。聽說南京一切措施與杭紹魯衛，如此世界，實何生為，蓋吾輩生成傲骨，未能隨波逐流，唯死而已，端無生理。弟於舊曆正月二十一日動身來杭，自知不善趨承，斷無謀生機會，未能拋得西湖去，故來此小作勾留耳。現因承蒙傅勵臣函邀擔任師校監學事，雖未允他，擬陽月杪返紹一看，為偷生計，如可共事或暫任數月。羅揚伯居然做第一科課長，足見實至名歸，學養優美。朱幼溪亦得列入學務科員，何莫非志趣過人，後來居上，羨煞羨煞。令弟想已來杭，弟擬明日前往一訪，想見不遠，諸容面陳，專此敬請著安。弟范斯年叩，廿七號。《越鐸》事變化至此，恨恨，前言調和，光景絕望矣。又及。」

這信是壬子三月二十七號從杭州千勝橋沈寓所寄，有「杭省全盛源記信局」的印記，上批「局資例」，杭紹間信資照例是十二文，因為那時民間信局還是存在。這與魯迅的本文有可以對照的地方，如傅勵臣即後任的校長孔教會會長傅力臣，雖然邀他繼任監學，後來好像沒有實現。朱幼溪即本文中都督府派來的拖鼻涕的接收員，羅揚伯則是所謂新進的革命黨之一人。《越鐸》即是罵都督的日報，系省立第五中學（舊稱府學堂）畢業生王文灝等所創辦，不過所指變化卻不是報館被毀案，乃是說內部分裂，《民興報》大概即由此而產生，但是不到一年也就關門了。范愛農之死在於壬子秋間，彷彿記得是同了民興報館的人往城外看月去的，論理應當是在舊曆中秋前後，但查魯迅的《哀范君》詩三章的抄稿注「壬子八月」，所指乃是陽曆，魯迅附籤署「二十三日」，則是北京回信的時日，算來看月可能是在陽曆了。本文中說愛農屍體在菱蕩中找到，也證明是在秋天，雖然實在是蹲踞而非真是直立著。本文又說愛農死後做了四首詩，在日報上發表，現在將要忘記了，只記得前後的六句，後來《集外集》收有這一首，中間已補上了，原稿卻又不同，而且一總原是三首，今抄錄於後以供比較。（按：三詩已收《集外集拾遺》。）

哀范君三章

其一

風雨飄搖日，余懷范愛農。華顛萎寥落，白眼看雞蟲。世味秋荼苦，人間直道窮。奈何三月別，遽爾失畸躬。

其二

海草國門碧，多年老異鄉。狐狸方去穴，桃偶盡登場。故里彤雲惡，炎天凜夜長。獨沉清洌水，能否洗愁腸。

其三

把酒論當世，先生小酒人。大圜猶酩酊，微醉自沉淪。此別成終古，從茲絕緒言。故人雲散盡，我亦等輕塵。

題目下原署真名姓，塗改為「黃棘」二字。稿後附書四行，其文云：「我於愛農之死為之不怡累日，至今未能釋然。昨忽成詩三章，隨手寫之，而忽將雞蟲做入，真是奇絕妙絕，闢歷一聲，……今錄上，希大鑒定家鑒定，如不惡乃可登諸《民興》也。天下雖未必仰望已久，然我亦豈能已於言乎。二十三日，樹又言。」這裡有些遊戲廋辭，釋明不易，關於雞蟲可參看「吶喊衍義」第六六節《新貴》一項，「天下仰望已久」一語也是一種典故，出於學務科員之口，逢人便說，在那時候知道的人很多，一聽到時就立即知道這是說的什麼人了。

四五　後記

這裡所說的不是我自己的，乃是指本文中那篇後記。那文章很是特別，比正文的任何一篇都要長，雖然說的只是插畫的事情，卻很有意思，當作一篇正文去看並無什麼不可以。這插畫是關於兩篇文章的，其一是《二十四孝圖》，其二是《無常》。二十四孝這裡該有圖的是郭巨和老萊子，但前者因為以前也有些人反對，加以刪除，所以未曾選入，只有後者三種圖像，樣式不同，「然而仍然無趣」。另外加入了一種，即是曹娥投江尋父屍的圖畫，著者在這裡發了別的一場感慨，這在旁人或者不大感覺亦未可知，但在他對於禮教吃人的事情很有警惕的人，這感慨正是十分自然的。在這一點上，我就覺得這後記很有意義，因為那些隨處出現的諷刺都是匕首，何況有些還是超過諷刺的呢。關於活無常的差不多是些考證的話，但後來說到研究討論，將各種信件都編印起來，可以出幾本頗厚的書，因此升為「學者」，這便說的是《古史辨》，與《故事新編》裡的《理水》所說的諷刺有點相像了。在著者的文章裡常說起學者，紳士和正人君子，以及別的有引號的文句，都是有典故的，但要說明那些事情，便須得檢視原案原典，這裡無此便利，也或者無此必要，暫且擱下，請為他的雜文作註解的人去偏勞吧。

電子書購買　爽讀 APP

國家圖書館出版品預行編目資料

周作人談魯迅小說裡的人物 / 周作人 著 . -- 第一版 . -- 臺北市 : 複刻文化事業有限公司 , 2023.12
面 ;　公分
POD 版
ISBN 978-626-7403-38-9(平裝)
1.CST: 周樹人 2.CST: 小說 3.CST: 文學評論
857.63　112019412

周作人談魯迅小說裡的人物

臉書

作　　者：周作人
發 行 人：黃振庭
出 版 者：複刻文化事業有限公司
發 行 者：複刻文化事業有限公司
E-mail：sonbookservice@gmail.com
粉 絲 頁：https://www.facebook.com/sonbookss/
網　　址：https://sonbook.net/
地　　址：台北市中正區重慶南路一段六十一號八樓 815 室
Rm. 815, 8F., No.61, Sec. 1, Chongqing S. Rd., Zhongzheng Dist., Taipei City 100, Taiwan
電　　話：(02) 2370-3310　　傳　　真：(02) 2388-1990
印　　刷：京峯數位服務有限公司
律師顧問：廣華律師事務所 張珮琦律師
定　　價：375 元
發行日期：2023 年 12 月第一版
◎本書以 POD 印製